Yavin Praxeum, 7:3:24 DBY

O Caminho Jedi é uma das descobertas mais interessantes desde a abertura da nova Academia Jedi. Ele foi encontrado entre os artefatos recém-adquiridos em uma nave de salvamento Squib, perto das ruínas de Byss. Enquanto os Holocrons que descobrimos contêm detalhes mais específicos, este manual tão gasto é o eco tangível de um período há muito perdido.

Nossos historiadores estimam que o texto foi escrito uma década ou mais após o fim das Novas Guerras Sith, em 1.000 ABY. Seus autores, Mestres Jedi da época, usaram a estrutura política alterada e a paz recém-instaurada como ímpeto para codificar o papel da Ordem Jedi e estabelecer tradições que perdurariam por séculos.

Essa cópia do livro em particular parece ser datada de cerca de 115 ABY e foi passada sucessivamente de Mestre para Padawan — alguns dos quais eu conheci e alguns cuja existência é lendária. Ele tem, portanto, considerável relevância histórica (e pessoal). Os pensamentos e observações de cada dono estão registrados através de seus comentários manuscritos rabiscados nas páginas — o que é interessante ler. Segundo o máximo conhecimento dos nossos historiadores, cada comentarista esteve em posse desse volume da seguinte maneira:

- Mestre Yoda, o primeiro dono dessa cópia, parece ter analisado as páginas para futuras edições revisadas.
- O Jedi Thame Cerulian recebeu este livro quando era criança e permaneceu com ele até, pelo menos, sua adolescência, entre 115 e 103 ABY.
- Dookan, o Padawan de Thame Cerulian, ficou de posse do livro durante seu aprendizado, por volta de 89 a 82 ABY; depois, ele se voltou para o lado negro e recebeu o título de "Conde".
- Qui-Gon Jinn foi o dono seguinte, tendo-o recebido de seu Mestre, Dookan. Os comentários de Qui-Gon parecem ter sido feitos entre 82 e 72 ABY.
- Acreditamos que Qui-Gon o manteve em segurança até Obi-Wan Kenobi receber o livro em 44 ABY.
- Ele, então, o passou para Anakin Skywalker em 32 ABY. Anakin ficou com o livro por um período de 10 anos, até o começo da Guerra dos Clones.
- Ahsoka Tano, Padawan de Anakin, deteve o volume, adicionando seus comentários durante a Guerra dos Clones de 22 a 19 ABY.
- Darth Sidious — o nome Sith do Imperador Palpatine — adquiriu o livro após a Guerra dos Clones e adicionou seus peculiares comentários cáusticos.

Eu continuei com a prática de fazer anotações no livro, já que senti que ele deve permanecer como documento vivo. Através de seus ensinamentos, ganhei uma compreensão mais ampla do que significa ser um Jedi e me sinto honrado por preservar sua sabedoria para as gerações vindouras.

LUKE SKYWALKER

O Caminho Jedi

Um manual para Estudantes da Força

SUMÁRIO

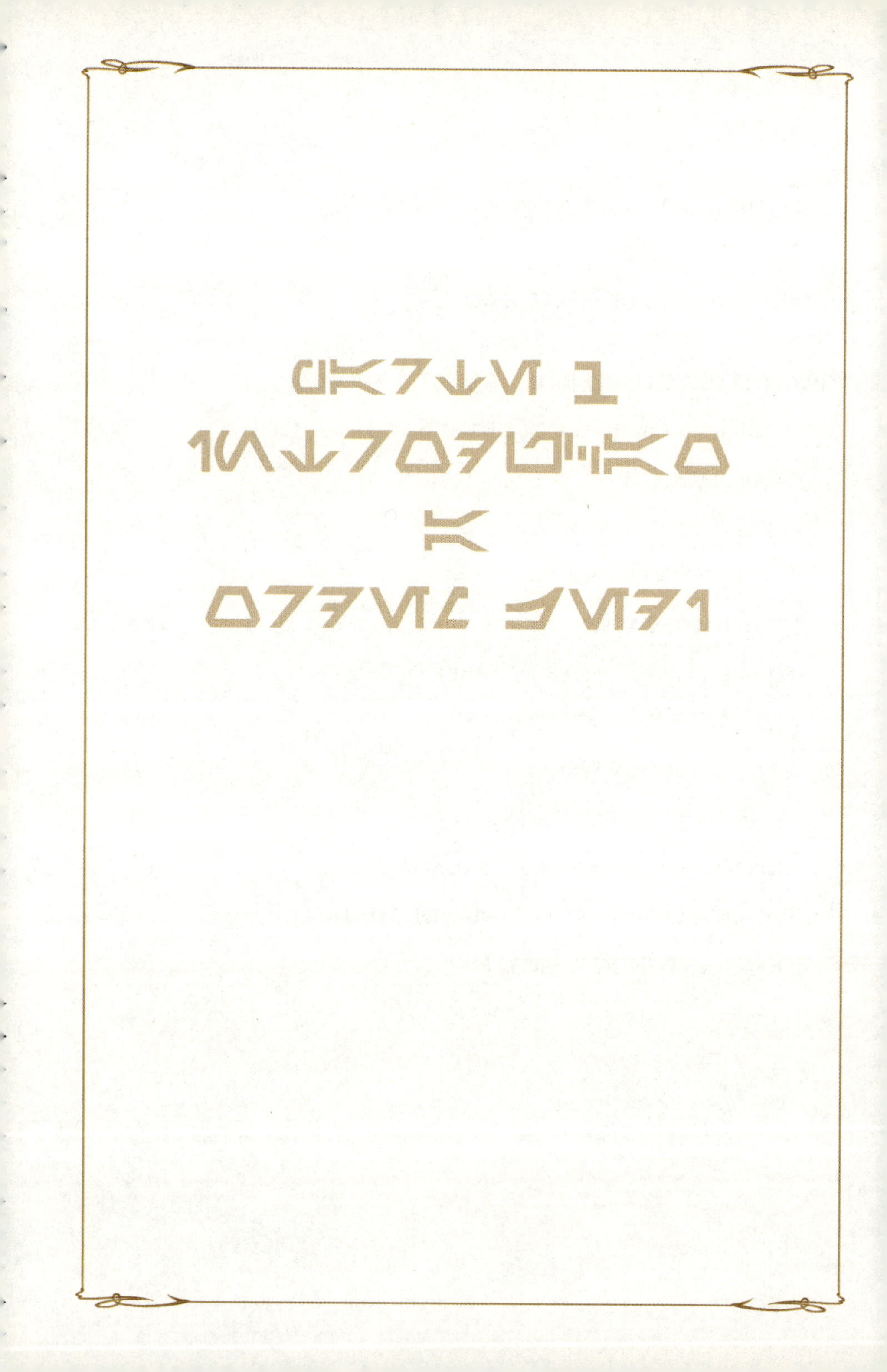

[illegible]

[illegible]

[illegible]

[illegible]

PARTE I
INTRODUÇÃO À ORDEM JEDI

De Mestre Fae eu me lembro quando um youngling eu era. Bom é escutar sua voz outra vez através dessas palavras -YODA

YODA FOI UM YOUNGLING?! -AHSOKA

O Código Jedi

por Grande Mestre Fae Coven

Há quarenta anos, o Código Jedi tem sido o meu foco, assim como se tornará o de vocês. Ele é a filosofia que sustenta a Ordem Jedi. É um acordo de proteção para os cidadãos e habitantes da República. Nele está contida a explicação de como deve ser a nossa relação com a Força. Como um Jedi, vocês devem ser fiéis ao espírito do Código. Todos os dias vocês deverão se perguntar: Eu o compreendo?

1.1 A meditação traz paz, harmonia e serenidade — três dos cinco preceitos do Código Jedi.

Obi-Wan escapou da morte uma vez, vivendo dentro da Força como um espírito. Eu me pergunto se aqueles que escreveram o Código sabiam da verdade literal do quinto preceito.
—Luke

Em sua forma clássica, como transcrito por Homonix Rectonia durante o início do Período Manderon, o Código consiste em cinco preceitos fundamentais:

Não há emoção, há paz. Esse princípio norteia todas as meditações e interações com os demais. Ele reafirma o ideal Jedi de agir com prudência e ver as ações dos demais através das lentes da Força Unificadora.

Não há ignorância, há conhecimento. Aqueles que não entendem esse preceito básico logo sentem medo — e medo é o caminho para o lado negro. Os Arquivos representam a maior coleção de conhecimento da galáxia.

Não há paixão, há serenidade. Uma tênue extrapolação do primeiro preceito, esse lembrete para agir sem paixão em qualquer deliberação se estende a obsessões pessoais e é uma advertência para não privilegiar o eu sobre a missão.

Não há caos, há harmonia. Aqueles que não conseguem enxergar os fios que unem toda forma de vida veem a existência como aleatória e sem propósito. Os Jedi percebem a estrutura e o sentido de todas as galáxias.

Não há morte, há a Força. Todas as coisas morrem, mas a Força sobrevive a elas. Como seres que existem à sombra da Força, o fim da nossa existência nessa forma não deve ser motivo de grande lamentação. Somos parte de uma energia maior que nós mesmos e desempenhamos papéis em uma trama cósmica que ultrapassa a nossa compreensão encarnada.

As transcrições Draggulch e Pós-Manderon acrescentam mais — e controversos — dogmas, mas os Jedi precisam apenas se lembrar dos ensinamentos fundamentais para viver suas vidas como defensores da justiça portadores de um dom e, ainda assim, modestos.

(se a Força Viva engendra a compaixão — e, eventualmente, até o amor —, não creio que isso seja algo ruim, apesar dos preceitos do Código.
Q-G

Sim — talvez seja por isso que Qui-Gon nunca fez parte do Conselho!
Anakin

1.2 Holocron Jedi

Atualizada esta sessão deve ser.
—Yoda

A HISTÓRIA DA ORDEM JEDI

Então atualize, velho!
—Dookan

POR RESTELLY QUIST, BIBLIOTECÁRIA-CHEFE

A Força é eterna, mas nós Jedi nem sempre estivemos presentes para interpretar seus ensinamentos. Séculos antes da fundação da República, nossos predecessores ouviram a respeito da Força pela primeira vez no Núcleo Profundo, no planeta Tython. Os videntes de Tython conheciam o campo de energia como Ashla, mas o entendiam de modo muito parecido como nós nos dias de hoje — como uma fonte de sabedoria, um reservatório regenerativo de onde se tira força, e uma forma de mover objetos sem tocá-los. Contudo, os videntes que usaram sua habilidade a serviço do ódio e da cobiça passaram para o lado negro. As Guerras da Força de Tython são os primeiros registros de conflito entre o lado luminoso e o lado negro, batalhas que se refletiriam através dos séculos, quando Jedi e Sith cruzaram suas armas.

O que o lado negro tinha para oferecer que convenceu tantos deles a rejeitar seus ensinamentos?
Anakin

Como vamos saber? Estava acontecendo uma guerra!
-Ahsoka

1.3 QUI-KO É UM DOS POUCOS VIDENTES DE TYTHON CUJAS ESCRITURAS SOBRE A NATUREZA DO ASHLA RESISTIRAM ATÉ HOJE.

1.4 As Guerras da Força de Tython, travadas com espadas forjadas pela Força, foram os primeiros confrontos entre o lado luminoso e o lado negro.

As Guerras da Força foram lutadas com espadas cujas lâminas de metal foram aprimoradas pela Força para ficarem mais fortes e afiadas. Mesmo nesse estágio, os antepassados dos Jedi descobriram a dificuldade de manejar uma arma que não se comporta como se fosse uma extensão do seu próprio corpo. Com a tecnologia de seres de outros planetas, os primeiros sabres de luz surgiram — e se tornaram símbolos da Ordem.

De Tython, os primeiros Cavaleiros Jedi se espalharam pela galáxia, como defensores proativos da luz, estabelecendo-se em Ossus, perto do Espaço Hutt. Quando a República Galáctica anunciou sua formação pacífica nos Mundos do Núcleo, os Cavaleiros Jedi juraram defender seus ideais de exploração, conhecimento e justiça.

1.5 O Olho de Ashlanae foi o centro da cultura Jedi em Ossus por mais de 12.000 anos

Ossus permaneceu como o centro da Ordem, mas, durante a Grande Guerra Sith, a explosão de um dos sóis de Cron atingiu a superfície desse imponente planeta. Os poucos tesouros que puderam ser salvos encontraram uma nova casa no Templo Jedi, em Coruscant. Em muitas ocasiões, a guerra enegreceu nossas portas, incluindo o infame Saque de Coruscant pelos Sith, que deixou o Templo como um campo de batalha fumegante. Nossa capacidade de superação nos ajudou nesse momento difícil. A Ordem enfim derrotou os Sith, encerrando uma guerra que durou mil anos. Agora pretendemos guiar a República para a sua Era de Ouro.

Sério? Parece que a filosofia de sigilo de Darth Bane era muito sábia para sua época.

1.6 Há mais de 2.600 anos, o Tratado de Coruscant levou a uma traição Sith e ao enfraquecimento da Ordem Jedi.

ESTRUTURA DA ORDEM JEDI

Típica ineficiência Jedi!

Assim como exércitos e governos, a Ordem Jedi segue uma hierarquia para ajudar o fluxo de comando. Ainda que sejamos todos iguais na Força, os membros mais antigos possuem uma experiência que merece respeito por aqueles que ainda não atingiram tal nível.

Classes Jedi

Jedi Iniciado Os membros mais jovens da Ordem Jedi. Eles atingem essa classe quando têm idade suficiente para receber instruções individuais, o que, para humanoides, pode ser aos dois anos. Os treinamentos ocorrem no Templo Jedi sob a orientação da equipe e usando os recursos dos Arquivos.

SE EU PULEI INICIADO, POSSO PULAR PADAWAN TAMBÉM? EU JÁ ESTOU PRONTO PARA OS TESTES.
Anakin

Jedi Padawan Iniciados que, na adolescência — entre doze e catorze anos-padrão ou perto disso —, são escolhidos por um Cavaleiro ou Mestre para ser seu aprendiz. A maior parte do treinamento ocorre em outros mundos.

Cavaleiro Jedi Padawans que passaram nos Testes e não são mais tutelados por um Mestre. Eles são livres para viajar pela galáxia a serviço da Ordem e levar adiante seus próprios aprendizados.

Mestre Jedi Aqueles que treinaram um Padawan para ser Cavaleiro ou que demonstraram profundo conhecimento da Força e da Ordem Jedi e fizeram parte do Conselho Jedi. Grande Mestre é um título honorífico concedido apenas a poucos membros.

Honrado eu me sinto de entre eles estar.
—Yoda

Os Jedi somam mais de 10.000. A administração da Ordem recai sobre quatro Conselhos, um em cada pináculo que coroa os cantos do nosso Templo. O Conselho do Primeiro Conhecimento guarda nossos Arquivos e distribui com generosidade seu entendimento para os Iniciados mais jovens. O Conselho da Reconciliação se dedica à diplomacia pacífica para pôr fim a conflitos. O Conselho de Redesignação supervisiona o Corpo de Serviço Jedi, gerenciando as carreiras daqueles que não passam nos testes para se tornar Padawans ou Cavaleiros Jedi.

O Alto Conselho é a autoridade máxima para todos os assuntos da Ordem. Ele é composto por nossos mais bravos campeões e mais sábias mentes. Sob a orientação do Alto Conselho, as tradições da Ordem Jedi persistirão por milhares de gerações.

O conselho não sabe tudo. Eu sei muito mais sobre smashball que o Mestre Bouri!
-Thame

THAME SABE POUCO DE SMASHBALL. UMA DEFESA DE CINCO PONTOS NÃO SIGNIFICA NADA DIANTE DE UMA CAMPANHA DE BYBLOS.
—DOOKAN

É sempre fácil ganhar quando você joga, Mestre Dookan.
Q-G

QUEM AINDA JOGA SMASHBALL?
-AHSOKA

[1.7] A torre do Alto Conselho não se ergue acima das torres do Primeiro Conhecimento, Reconciliação, ou Redesignação. Todas as quatro repousam sob a sombra do Pináculo Tranquilidade.

ESTAS PÁGINAS JÁ ESTAVAM RASURADAS QUANDO O LIVRO VEIO PARAR NAS MINHAS MÃOS. NÃO SEI QUEM TENTOU SUPRIMIR A PROFECIA, MAS MUITO PROVAVELMENTE FOI O IMPERADOR. —LUKE faleiro.

os Sith foram

quase.

para energia da

[illegible]
[illegible]

PARTE II
Jedi Iniciado

QUEM PRECISA DE UM CLÃ? EU PASSEI DIRETO DE UM ESTRANHO PARA PADAWAN.
—Anakin

INGRESSANDO EM UM CLÃ

POR GRANDE MESTRE FAE COVEN

Esse volume é um guia de instrução para suas vidas no Templo Jedi e no serviço que os aguarda quando saírem. Tenham consideração à sabedoria nessas páginas, porém, acima de tudo, prestem atenção em seus professores! A instrução da Força é dada nas sessões da manhã; história e política ao meio-dia; e treinamento físico à tarde. Além disso, os estudantes devem participar de cinco sessões obrigatórias de meditação todos os dias.

2.1 YOUNGLINGS ENCONTRAM APOIO EM SEU CLÃ DURANTE OS ESTUDOS NO TEMPLO.

Younglings é como muitos irão chamá-los, inclusive os seus instrutores. Sua juventude nos enche de esperança; suas habilidades em desenvolvimento nos enchem de orgulho. Vocês são o futuro da Ordem; então, não se ofendam quando ressaltarmos sua idade. Tenham orgulho de sua classe, por serem Jedi Iniciados.

Vocês não vão encarar seus desafios sozinhos. Todos os Jedi Iniciados são designados a uma família que irá cercá-los desde o momento que o sol os desperta até o momento em que caem no sono em suas esteiras. O clã da maioria de vocês foi escolhido antes que completassem os três anos ou o equivalente em maturidade da sua espécie. Os adotantes Jedi que cuidaram de vocês durante a infância previram a que clã vocês deveriam pertencer.

É ALGO QUE EU DEVERIA TER TENTADO DESDE O COMEÇO? SEMANA QUE VEM LANÇAREI OS CLÃS RONTO E VEERMOK.
—LUKE

Cadê o clã Thranta?
O clã Thranta é o melhor!
-Thame

Se vocês são do Clã Urso, vocês são valentes. Nenhum inimigo é apavorante demais para vocês derrotarem.

Ã-HÃ.
O CLÃ CLAWMOUSE
É O MELHOR!
-AHSOKA

Se vocês são do Clã Dragão, vocês são tenazes. Nada pode fazê-los recuar se não quiserem.

Se vocês são do Clã Katarn, vocês são furtivos. Usam a Força ao seu redor como uma capa, dando passos no silêncio.

PRESUNÇÃO.
DESEMPENHO
INDIVIDUAL É
O QUE CONTA,
NÃO AS
"CONQUISTAS"
DO CLÃ DE ALGUÉM.
-DOOKAN

Se vocês são do Clã Bergruufta, vocês são leais. Seus corações irão levá-los adiante quando o caminho estiver escuro.

Se vocês são do Clã Squall, vocês são rápidos. Suas passadas o mantêm muitos passos à frente de seus inimigos.

Se vocês são do Clã Heliost, vocês têm grande capacidade de discernimento. Aprendam as lições dos mestres detentores do conhecimento do seu Templo, e todos os segredos estarão ao alcance de vocês.

Esses e os outros clãs do Templo são as raízes da árvore que nos sustenta como uma Ordem. Aqueles de vocês trazidos ao Templo no fim da infância foram designados a um clã assim que chegaram. Vocês nunca devem se sentir estranhos, e qualquer pedido de redesignação para mudar de clã deverá ser solicitado apenas depois de séria meditação. Estes são seus colegas na Força, mais próximos que qualquer irmão ou irmã.

Até vocês serem escolhidos como um Aprendiz Padawan, vocês irão dormir, comer, treinar e crescer com seu clã. Jedi Iniciados, nunca esqueçam os laços que vocês constroem aqui.

LAÇOS DO CLÃ TORNAM A TRAIÇÃO
AINDA MAIS PROFUNDA.
-DOOKAN

Trajes e Comportamento

POR MORRIT CH'GALLY, RECRUTADOR JEDI

Younglings que cresceram no Templo dificilmente necessitam de orientação sobre o que vestir. Vocês têm usado um uniforme desde que aprenderam a andar.

O vestuário de um Jedi Iniciado é, em essência, como o de um Jedi Padawan, Cavaleiro ou Mestre. Túnica cinza ou marrom, botas, cinto — tudo menos o robe. O traje não é o mesmo que o usado pelos mais velhos, mas irá identificá-los como um Jedi. Quando vocês, enfim, passarem pela porta e saírem pela galáxia, as mesmas roupas que vocês consideram comuns serão um símbolo. As pessoas se aproximarão de vocês em busca de sabedoria. Outros irão implorar que vocês lutem contra os inimigos deles. E outros atacarão vocês.

Não — metade da galáxia odeia os Jedi e a outra metade pode ser convencida a ignorá-los.

Seu uniforme os define. Usem-no bem e usem-no com orgulho. Ao dormir, dobrem-no e coloquem-no aos pés de seus leitos. Quando vocês suarem após um treino de sabre de luz, lavem-no. Quando suas botas estiverem arranhadas, engraxem-nas. Não peçam a um

POR MAIS QUE EU DESEJE QUE ISSO NÃO SEJA VERDADE, TEM SIDO UMA LUTA FAZER COM QUE A PRESENÇA DA MINHA ORDEM SEJA BEM-QUISTA NA NOVA REPÚBLICA. -LUKE

2.2 Todas as classes Jedi usam um traje especial que as identifica como membros da Ordem.

Eu só queria que meu quarto fosse grande assim. -Thame

droide para fazê-lo, engraxem-nas vocês mesmos. Um uniforme sujo ou amassado irá lhes render uma repreensão de seus instrutores, mas, se essa for a única razão pela qual vocês tomam conta de seus pertences, é porque não valorizam o que têm aqui no Templo.

2.3 Os quartos dos younglings devem ser mantidos organizados e arrumados.

Aqueles que são cristalinos, gasosos ou têm uma estrutura corporal inadequada para vestimentas comuns devem usar ao menos uma faixa. Atentem para isso.

Eu sou um recrutador. Eu trouxe centenas de sensíveis à Força para o Templo. Alguns desses younglings já haviam começado uma vida anterior e se acostumaram a tecidos macios, cores diversas e escolhas infinitas — todas as indulgências dos estranhos que valorizam mais a individualidade do que o serviço. Para esses younglings, a transição pode ser difícil.

Abandonados, sim — mas nunca esquecidos. -Dookan

Lembrem-se sempre de que ser um Jedi também significa ter a aparência adequada. O traje que vocês usam é sinal exterior de comprometimento e um lembrete constante do chamado de toda uma vida.

2.4 Os Jedi cuja estrutura corporal dispense vestimentas comuns devem usar uma faixa.

O núcleo de todo Jedi deveriam eles ser.
—Yoda

Os Três Pilares dos Jedi

Os Três Pilares dos Jedi — Força, Conhecimento e Autodisciplina — balizam tudo o que fazemos como Jedi e reforçam os preceitos do Código Jedi. Como a Força está em todas as coisas, é correto defini-la como primeiro pilar.

2.5 O estatuário na frente do Templo Jedi ilustra esses três pilares, um fato desconhecido para estranhos.

O Primeiro Pilar: A Força

POR SABLA-MANDIBU, VIDENTE JEDI

Se tem uma coisa que vocês, jovens estudantes, sabem é: a Força é um campo energético criado por todas as coisas vivas. Até mesmo o vendedor de pallie nos limites dos megablocos conhece o assunto. Qualquer droide sabe disso!

2.6 A FORÇA VIVA PERMITE AO JEDI CONECTAR-SE COM PLANTAS E ANIMAIS QUE HABITAM O MUNDO À SUA VOLTA.

Me impressiona que a Força Viva seja a essência do nosso chamado Jedi. Apesar dos avisos do Mestre Dookan, eu não consigo deixar de ajudar os outros, mesmo que isso se volte contra o meu destino. Q-G

TEMOS DE VOLTAR A ESSA IDEIA DE QUE A FORÇA FLUI ATRAVÉS DE NÓS — NÃO A PARTIR DE NÓS. -LUKE

Nós Jedi somos abençoados com o dom de nadar na Força em todos os momentos — respirando-a, provando-a e conduzindo sua corrente para nosso destino único. Para os Jedi, o universo nunca é frio e sem direção. A Força nos dá propósito e nos compele a compartilhar nosso dom com os outros.

Mestre Bowspritz irá ensiná-los sobre os midi-chlorians em nossas células que canalizam a energia da Força. Evitem pensar muito a respeito dessa necessária simbiose biológica. Em vez disso, ampliem o seu foco. Afinal de contas, nós não bebemos a tigela, mas sim a sopa que ela contém.

A Força é maior que todos nós, mas se expressa sob dois aspectos. A Força Viva é crua e acessível. É a energia de vida formigando à nossa volta quando passamos por entre plantas e animais em uma caminhada pela selva. Quando seres morrem, sentimos através da Força

Viva. Quando muitos morrem de uma só vez, a perda de energia pode chocá-los, até mesmo derrubar vocês. Todas as nossas habilidades tangíveis da Força — como correr, saltar, aguçar os sentidos, mover objetos ou acalmar emoções alheias — são técnicas pelas quais nos tornamos agentes da Força Viva.

Um choque que eu tenho prazer em proporcionar.

A Força Unificadora é um vasto poder cósmico. Vocês ainda não conseguem senti-la, mas, com paciência e reflexão, sentirão. A Força Unificadora são as estrelas e galáxias, a superfície agitada do tempo e do espaço. Ela é a voz que sussurra sobre seus destinos, e podem ter certeza: a Força *tem* vontade própria. Dialogar com a Força Unificadora é deixar o corpo em caráter temporário, para caminhar pelo passado ou ver o futuro. Alguns ancestrais acreditam ser possível até transcender a morte.

Certeza demais, Mestre Mandibu tem. Nebulosa a Força Unificadora pode ser e muitos mistérios ela guarda.
—Yoda

2.7 A Força Unificadora interliga as estrelas e os planetas no tempo e no espaço. Através dessa Força, um Jedi pode sentir o passado e o futuro.

O QUE É O LADO NEGRO?

Como Jedi Iniciados, vocês são jovens e ainda não experimentaram as tentações do lado negro. Mas prestem muita atenção, pois nada tem tanto potencial para arruinar suas boas ações e reputação.

2.8 OS JEDI DEVEM SE AFASTAR DAS PAIXÕES QUE LEVAM AO LADO NEGRO DENTRO DE SI.

Vocês já sabem que a Força é onipresente, que existe simultaneamente como energia pessoal e como um poder imponente através dos aspectos de Força Viva e Unificadora. O lado negro não é a "peça que falta no quebra-cabeça". Não se iludam em procurá-la. A Força é uma montanha emergindo da água — o lado negro está apenas submerso, recolhido no fundo. Se vocês escolherem mergulhar, o lodo irá prendê-los e afogá-los.

Paixões revestem o caminho para o lado negro e devem ser evitadas. Medo, raiva e ódio são fortes paixões que os levarão a perder o foco e achar atraentes os prazeres fáceis do lado negro. O amor também é uma paixão forte e perigosa na mesma medida. Aqueles que são obcecados pelos pais, filhos ou amantes devotam toda a sua energia na direção do objeto especial de seu foco. Os Jedi devem servir a todos, não escolher alguns poucos. Se sentirem vontade de procurar a sua família de origem ou formar laços românticos, por favor, consultem seus Mestres. Viver no lado negro levará ao sofrimento. Laços os levarão a perder de vista o caminho e são motivo para expulsão da Ordem.

TALVEZ SEJA PORQUE MEUS MAIORES DESAFIOS TENHAM VINDO DE ESPÍRITOS SITH E OUTRAS AMEAÇAS EXTERNAS, MAS EU NÃO ACREDITO NO BANIMENTO DOS LAÇOS. NÃO POSSO IMAGINAR MINHA VIDA SEM MARA, LEIA, OU MESMO HAN.
-LUKE

SINTO FALTA DE PESSOAS FORA DESSE TEMPLO E FARIA QUALQUER COISA PARA PROTEGÊ-LAS. ISSO FAZ DE MIM UMA PESSOA RUIM?
Anakin

E NÃO É QUE O SKYGUY TEM UM CORAÇÃO?!
-AHSOKA

O controle é ignorado pelos meus colegas de classe. Eles estão ávidos por arremessar coisas com o poder da mente e ameaçar uns aos outros. Se eu conseguir me concentrar no controle, talvez consiga sobreviver a eles. -Thame

Se vocês já passaram algum tempo nos Arquivos, então conhecem a história antiga da nossa Ordem. Antes da formação da Ordem Jedi, há mais de 24.000 anos, a população de Tython identificou a presença de um anômalo, porém benevolente, campo de energia. Ela o chamou de Ashla e aprendeu a utilizá-lo da mesma maneira que seus instrutores ensinam a vocês.

Ainda assim, alguns pareceram determinados a ignorar a vontade de Ashla. Permitiram que emoções interferissem em suas ações. Escutaram o sussurro sutil da parte sombria e submersa da Força. Chamaram-no de o Bogan e mergulharam em sua escuridão. Nunca retornaram à superfície.

USANDO HABILIDADES DE CONTROLE

Como Jedi Iniciados, vocês irão aprender e aperfeiçoar várias habilidades que fazem uso da Força. Essas habilidades seguem três temas: Controle, Sentido e Alter. O Controle está centrado no corpo de um indivíduo e é o foco do treinamento dos Iniciados. Se vocês não forem capazes de manter o controle de si mesmos, nunca conseguirão ampliar a Força e comandar o ambiente ao seu redor.

As habilidades de Sentido e Alter serão o foco de seu treinamento posteriormente, quando vocês estiverem mais preparados.

As habilidades que existem sob a disciplina do Controle são técnicas básicas, mas é necessário aprimorar essas técnicas para o resto de suas vidas. Usadas da maneira correta, suas habilidades de Controle permitirão que vocês sobrevivam a ferimentos e ao envelhecimento, estendendo por décadas seus serviços à Ordem.

DUVIDO. ALGUNS SÃO, POR NATUREZA, PREDISPOSTOS À EXCELÊNCIA. -DOOKAN

Tutaminis, ou absorção de energia, é a habilidade de canalizar ou difundir radiação com alto potencial de dano através do uso da energia benevolente da Força. Pode ser simples como proteger a pele do excesso de raios solares, ou avançada a ponto de desviar a rajada de energia de um Blaster com a palma de uma das mãos aberta — técnica que nem mesmo eu domino.

O controle leva a avanços na meditação. Conte comigo como um seguidor. -Kenobi

Curato salva é uma família de habilidades que enfatiza a cura de si mesmo. Quando vocês lançam mão da Força para descansar após as sessões de combate com a Mestre Vaunk, estão realizando a posição mais simples de *curato*. Como Cavaleiros Jedi, espera-se que vocês dominem essa faceta do

MUITO ÚTIL EM UMA BATALHA! -AHSOKA

Controle para curar seus próprios ferimentos, expelir da sua corrente sanguínea substâncias que alterem sua consciência, localizar e remover infecções, anular o efeito de venenos e reduzir sua percepção de dor quando a cura efetiva não for possível no momento. O transe de hibernação Jedi é a posição mais extrema de *curato* e pode ser usado como último recurso para manter seus sinais vitais até que curadores possam intervir.

Altus sopor é o termo tradicional para a habilidade de aumentar o foco de alguém na Força. Vocês podem praticar essa habilidade auto-orientada durante cada uma das cinco meditações diárias. Com o tempo, vocês aprenderão a fundir-se com a Força para se tornarem quase invisíveis para os outros.

2.9 *TUTAMINIS*, *CURATO SALVA* E *ALTUS SOPOR* SÃO PODERES DIRECIONADOS A SI MESMOS.

Do conhecimento, sabedoria nasce. Familiarizado um youngling deve estar com os Arquivos.
—Yoda

O Segundo Pilar: Conhecimento

2.10 Primeiro Salão dos Arquivos Jedi.

Recursos do Templo Jedi

por Restelly Quist, Bibliotecária-Chefe

ATÉ O MOMENTO, LOCALIZEI APENAS UM PUNHADO DE CARTÕES DE DADOS HOLOCRONS DE CHU'UNTHOR. MUITO CONHECIMENTO FOI PERDIDO PARA O IMPÉRIO.
—LUKE

O Pilar do Conhecimento é o mais importante dos três pilares que vocês estudarão ao longo do tempo como Iniciados. Como bibliotecária-chefe e cuidadora do Primeiro Conhecimento, sei disso melhor que meus colegas. Se não fosse pelas histórias da Ordem gravadas em nossos Holocrons, o que a Mestre Mandibu saberia sobre a Força além de seus vagos sentimentos? Sem os diagramas de técnicas de combate em nossos Arquivos, como a Mestre Vaunk saberia a maneira correta de instruí-los em *shii-cho*?

Como younglings, vocês devem estar bem cientes das ferramentas de instrução que temos no Templo, em especial aquelas no Quadrante do Primeiro Conhecimento, onde passam o tempo. No entanto, não estou cega para a desatenção e a preguiça que infestam alguns estudantes. Se vocês não prestavam atenção até o dia de hoje, creio que o farão a partir de agora. A ignorância só é motivo de vergonha se

Um colega de classe roubou um Holocron Sith — por pouco tempo, é claro. As fontes de informação dos Jedi não se encontram tão seguras quanto o Conselho quer que acreditemos.

—Dookan

vocês optarem por não corrigi-la, e qualquer pergunta pode ser respondida nos Arquivos ou na Câmara de Holocrons.

Os Arquivos são a base central de conhecimento para toda a Ordem e contêm mais informação que vocês poderiam absorver em mil vidas. Suas quatro alas são classificadas da seguinte maneira: a história e a filosofia da Ordem Jedi; as ciências físicas; a estrutura geográfica e política da galáxia; e a natureza e a diversidade das coisas vivas. Para localizarem um cartão de dados específico, consultem um dos droides ou peçam a mim ou a um dos membros da minha equipe.

Próximo aos Arquivos e na torre sobre o quadrante do Primeiro Conhecimento, vocês encontrarão a Câmara de Holocrons, que contém ensinamentos gravados por alguns dos maiores pensadores Jedi dos últimos vinte e quatro milênios.

Não ignorem outras fontes ao seu redor. Vocês devem reconhecer à primeira vista as estátuas dos pensadores Jedi alinhadas nos corredores; e a tapeçaria sobre a qual passam a caminho das suas refeições representa batalhas e revoluções sobre as quais vocês podem pesquisar nos Arquivos. Mesmo um lugar como a Sala das Mil Fontes pode lhes proporcionar educação em botânica. Nunca negligenciem sua mente em favor de seu corpo ou espírito.

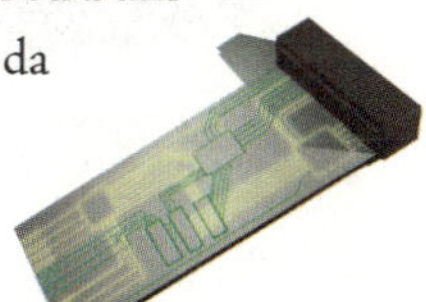

2.11 Os cartões de dados podem ser usados em qualquer terminal nos Arquivos.

Os cartões eram assim antigamente? Engraçado.

-Thame

Foi aqui que eu encontrei aqueles ladrões que roubaram o holocron.

-Ahsoka

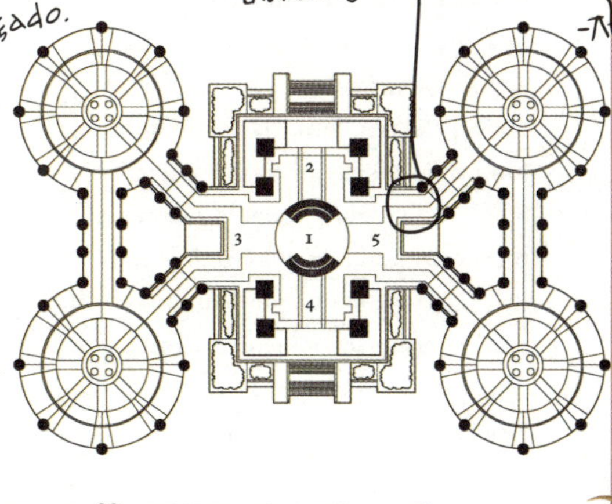

2.12 Os Arquivos Jedi: 1. A Rotunda. 2. Primeiro Salão, que guarda as gravações de história e filosofia. 3. Segundo Salão, onde estão os dados de matemática e ciência. 4. Terceiro Salão, que contém informações sobre geografia e política. 5. Quarto Salão, que abriga dados sobre a natureza e a diversidade.

A Galáxia, as Estrelas e os Planetas

Por Crix Sunburris, Ás Jedi

Como younglings, suas vidas são restritas ao Templo. Até que vocês sejam selecionados como Padawans, suas viagens para fora do Templo serão raras e curtas. Então, para se preparar para esse dia, vocês precisarão estudar. Cuidado, pois os Arquivos Jedi não contam toda a história.

A boa notícia é que vocês já estão no centro de tudo. Coruscant é a capital da República e o principal planeta dos Mundos do Núcleo, localizado logo ao norte do inóspito Núcleo Profundo. As duas regiões seguintes, as Colônias e a Orla Interior, marcam os limites mais distantes do que a maior parte dos cidadãos considera civilização. Há muito mais para se ver na galáxia, mas explorá-la pode significar sair da zona de conforto.

Nem Naboo é considerado civilizado! Anakin

Além da Orla Interior está a Região de Expansão — lar de mundos industriais que estão, em sua maioria, vazios e se degradando. Continuem em frente e passarão pela agrícola Orla Média no caminho para os territórios sem lei da Orla Exterior. Lá vocês encontrarão alguns dos piores criminosos da galáxia e é lá que um Jedi habilidoso pode fazer a diferença. Todo esse território pode ser atravessado rapidamente pela Via Hydiana, pelo Corredor Corelliano ou pela Rota de Comércio Permeliana. A maioria de vocês não terá seu próprio caça estelar, mas não é vergonha alguma reservar uma passagem a bordo de um transporte de passageiros — os Jedi são servidores públicos, no fim das contas.

Onde os Jedi têm, de fato, um propósito. Q-G

2.13 As coordenadas galácticas de Coruscant são zero-zero-zero.

Nas áreas mais externas da galáxia estão a fronteira indômita do Espaço Selvagem, bem como as Regiões Desconhecidas, onde os motores do hiperespaço não conseguem penetrar. Há muitos perigos nesses setores, mas vocês não devem temê-los.

À medida que vocês forem crescendo, alguns poderão se ver designados para uma academia de treinamento satélite. O Templo em Coruscant não é a única instalação para estudantes Jedi, e alguns Iniciados e Padawans podem aprender mais com um currículo alternativo. Até Mestres como eu visitam esses locais de tempos em tempos. É bom ter um lugar amigável onde se refugiar quando se está fugindo de piratas Zygerrianos.

SSES CARAS
CRIAVAM
ROBLEMA
ESSA ÉPOCA?
LGUÉM PODE
CABAR LOGO
COM OS
YGERRIANOS?
-AHSOKA

As academias de treinamento em Kamparas, Telos e Obroa-skai são especializadas na coleta e análise de dados para sua crescente inteligência. As academias de Tython e Alpheridies prometem um estudo mais profundo da Força para místicos esperançosos. As academias em Rhinnal e H'ratth podem ser o lar dos curadores entre vocês. E não se esqueçam da academia para Guardiões Jedi em Socorro — um posto avançado de ordem em um mundo decadente e sem lei. Esse é o meu preferido.

Os Jedi se enganaram se pensavam que podiam esconder esses mundos acadêmicos, como se este próprio volume já não revelasse suas localizações. Minhas legiões acabaram com eles, poupando-nos um tempo enorme para localizar crianças Jedi.

2.14 A ENTRADA FECHADA DE TELOS: COBIÇADA PELOS ESTUDANTES, MAS ACESSÍVEL APENAS PARA OS JEDI.

2.15 A localização das instalações Jedi e pontos de interesse da galáxia estão marcados com relação a Coruscant. Exploradores Jedi estão sempre expandindo os limites da República.

1. Ilum; 2. Mygeeto; 3. Coruscant; 4. Tython; 5. Giju; 6. Bespin; 7. aamas; 8. Corellia/Duro; 9. H'ratth; 10. Obroa-skai; 11. Alpherides; 12. Dathomir; 13. Yavin; 14. Telos; 15. Korriban; 16. Troiken; 17. Ossus; 18. Ruusan; 19. Toydaria; 20. Nal Hutta; 21. Indobok; 22. Bothawui; 23. Tund; 24. Christophsis; 25. Socorro; 26. Sullust; 27. Clak'dor; 28. Skor II

• • • • • • • Fronteiras da Orla

——— Rotas de Comércio

DA MINHA NOVA ORDEM JEDI.
-LUKE
8
9
10
11
12
13
14
15
16
17
18
19
20
21
22
23
24
25
26
27
28

Bestiário Galáctico

Por Bowspritz, Biólogo Jedi

O mestre Qui-Gon sem
tentou me ensinar a
importância de me comunica
Mas a minha paciência é testad
todas as vezes em que atraímo
um bando de formas
de vida patéticas, o que
frequent
-Kenobi

Sejam gratos por poder sentir a Força Viva, jovens Iniciados. Fora do Templo Jedi vocês descobrirão uma variedade infinita de formas de vida que contribuem para o campo energético universal. Todas elas são merecedoras da proteção de um Jedi. A xenobiologia é uma especialização fascinante!

POR QUE ISS
NÃO ME
IMPRESSIONA
FAÇA ALGUN
AMIGOS!
-AHSOKA

Chamamos de *animais* a maioria das criaturas vivas que não externam capacidade de falar ou de realizar cálculos matemáticos. Como Jedi, vocês sentirão que essa distinção não é tão simples. A maior parte das bestas fala, *sim*, ainda que apenas entre sua espécie, e se comunicar na língua delas é um talento que vocês podem dominar. Aqui temos uma amostra dos tipos de criaturas que vocês poderão encontrar, mas sempre há mais informação nos Arquivos.

É possível encontrar criaturas em quase todos os ambientes. Se há uma coisa da qual estou certo é que a Força sempre encontra um caminho. Em meio aos elevados cristais de gelo de Mygeeto, vocês encontrarão os *pertorqus candus* — vermes brancos Mygeetanos — enrolados em cavernas onde sua pele absorve o calor geotérmico do núcleo do planeta e o converte em alimento energético.

O mundo selvagem de Troiken abriga o indictidile, um inseto espinhoso que se enrola em forma de bola e empala suas presas rolando de modo intenso através da vegetação rasteira.

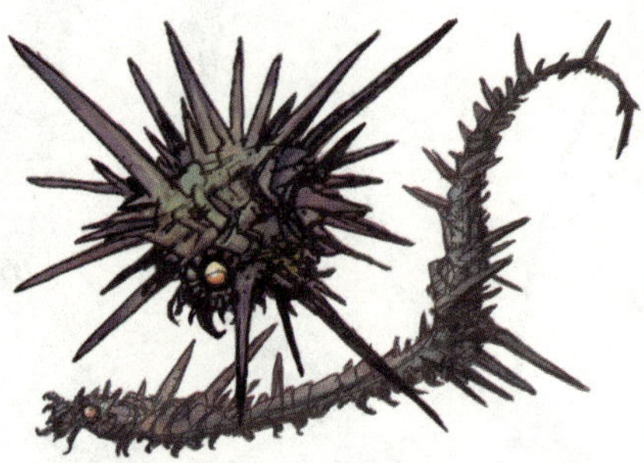

2.16 Indictidile de Troiken

2.17 Verme branco Mygeetano

A vida em toda a sua variedade é uma fonte infinita de fascinação.
Q-G

2.18 Caranguejo-agulha de Jodaka

Como um Padawan, certa vez conduzi um estudo durante um mês sobre o caranguejo-agulha de Jodaka, medindo a precisão do disparo de seus dardos e atualizando em muito os dados com séculos de idade que estavam juntando poeira nos Arquivos Jedi. Para um exemplo esclarecedor de colaboração entre espécies, não esqueçam a lua de Alchenaut, onde bolas de pelo do tamanho de uma palma aberta que batizei de o'cerrys agem como um sistema de alerta de predadores para milhares de outros herbívoros. Mesmo o espaço profundo abriga vida — vocês nunca esquecerão a primeira vez que avistarem um exogorth ou um neebray manta gigantesco.

2.19 O'cerry

Todas essas criaturas são unidas por uma coisa — a Força. (Se esse não foi o seu primeiro pensamento, é possível que vocês estejam no Templo errado.) Mesmo formas de vida sem midi-chlorians e estruturas celulares, como ouriços fractais de Protogeyser, podem ter contato com a própria energia. Outras criaturas podem até fazer coisas mais notáveis, como projetar bolhas para empurrar a Força para longe, mas o Conselho colocou os mundos onde essas criaturas existem em quarentena, e mais instruções sobre eles virão quando vocês estiverem mais velhos.

Então, para que falar disso agora?
-Thame

O Terceiro Pilar: Autodisciplina

Por Skarch Vaunk, Mestre de Batalha Jedi

Muitos de vocês Iniciados estão ávidos demais para entrar nesse campo de conhecimento, pois é através dele que se consegue manejar um sabre de luz. Mas há um motivo para ele ser chamado de terceiro pilar. Até que vocês tenham demonstrado sua conexão com a Força e sua boa vontade em estudar e aprender, nunca serão admitidos na minha aula.

Para aqueles que passaram por esse teste, vocês farão bem em lembrar-se de que esse pilar se chama Autodisciplina, e *não* Combate. É impossível empunhar um sabre de luz sem que primeiro se tenha dominado as ações do seu corpo físico. É por isso que damos aos Iniciados sabres de treino. Quando vocês construírem um sabre de verdade enquanto Padawans, deverão ter habilidade suficiente para não decepar o próprio braço.

Meditação é a chave para alinhar seu corpo com o espírito e a determinação da Força. Como Iniciados, você devem meditar cinco vezes por dia. Isso não é o bastante. Sempre que tiverem um momento a sós, ainda que estejam do lado de fora de uma câmara de treinamento esperando pelo início de uma sessão, fiquem centrados como vocês aprenderam. A Força rejuvenescerá seus corpos e afiará suas mentes, mesmo que por pouco tempo.

Vocês podem praticar estados mais profundos durante as sessões diárias. Tentem atingir a Meditação Vazia, que expurga suas emoções negativas e permite que vocês se afastem de envolvimentos. A Meditação Móvel é um estado

Altamente recomendável! -Kenobi

2.20 A imobilidade da Meditação Vazia permite ao Jedi centrar-se em si mesmo e atingir uma paz interior mais profunda.

desperto que diminui a distração e amplia seu foco em uma tarefa — vocês podem achar que ela melhora sua habilidade de reparar um equipamento, sua capacidade de procurar dados nos Arquivos, ou seus exercícios de combate. A Meditação de Elevação amplia a sua conexão com a Força em tal nível que vocês poderão se flagrar levitando. Nesse estado, vocês ouvirão as visões e profecias da Força Unificadora.

2.21 O Jedi que entra na Meditação Móvel sente-se capaz de encarar qualquer risco.

A meditação é uma expressão diária da autodisciplina. Se vocês estiverem tendo problemas para isolar a mente, encontrem uma câmara de meditação dentro do Templo que isole estímulos externos. Vocês também poderão preferir a Sala das Mil Fontes, onde o som das quedas d'água ajuda a acalmar e centrar-se.

Eu prefiro uma das salas pequenas no Quadrante da Reconciliação.
-Thame

DESCOBRI CASUALMENTE A MEDITAÇÃO DE ELEVAÇÃO HÁ ALGUNS ANOS. QUANDO HAN ME ASSUSTOU, EU ESTAVA A UM METRO DO CHÃO. A QUEDA NÃO FOI DOLOROSA, MAS ME SENTI CONSTRANGIDO.
-LUKE

2.22 No estado profundo da Meditação de Elevação, o Jedi pode ter os seus sentidos da Força aumentados e seu corpo elevado do chão.

Crítico isso é, ensinar essas habilidades nas idades mais jovens. Aos clãs Tra'cor, Boma e Urso, minha atenção pessoal eu darei. —Yoda

Quando foi que Yoda começou a instruir também o clã Thranta? Ele é o mais rígido do Templo e não escalou nenhum de nós para o Torneio Interclãs! -Thame

Introdução ao Sabre de Luz

O sabre de luz é a arma de um Cavaleiro Jedi. Como nenhum de vocês já é Cavaleiro, então, para sua segurança, assim como para a segurança daqueles à sua volta, os Jedi Iniciados são armados com sabres de treinamento.

Sabres de treinamento são padronizados. Vocês não construirão um sabre de luz personalizado até se tornarem Padawans; então, familiarizem-se com os componentes e as funções desse modelo simples.

2.23 Cristal Focalizador

YODA NÃO SE TORNOU NEM UM POUCO MAIS FÁCIL. ELE ERA UM PROFESSOR DURO PARA LEVITAÇÃO DE AREIA... SERIA NORMAL PENSAR QUE ALGUMAS CENTENAS DE ANOS O DEIXARIAM MAIS RELAXADO. -AHSOKA

Um sabre de treinamento consiste em um cabo e um botão de ativação que, quando pressionado, expande a lâmina. O tamanho do cabo e o comprimento da lâmina são variáveis, com base na idade e no tamanho do combatente. Dentro dele estão um cristal, lentes, a matriz emissora que focaliza a lâmina e uma célula de força para energizá-lo. Em outra aula, vocês aprenderão a desmontar e remontar esse sabre,

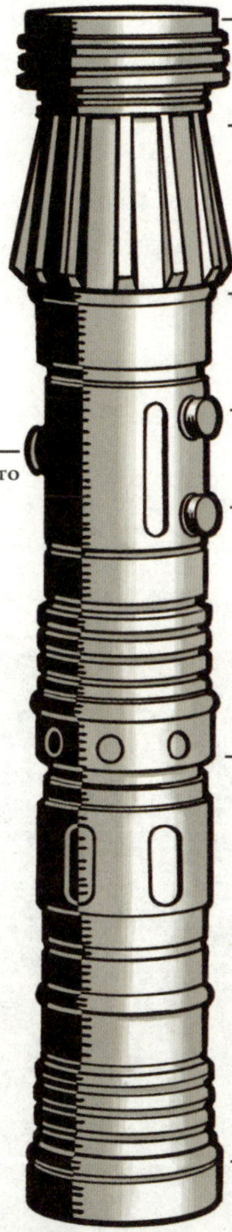

2.24 Sabres de luz artesanais têm design variado, mas todos eles incluem esses componentes. Memorize suas funções e posições em seu sabre de treinamento.

mas nesta disciplina aprenderão apenas a usá-lo.

A lâmina de energia de um sabre de treinamento não cortará; no entanto, ainda assim ela é uma arma e deve ser manejada como tal. Um golpe de sabre de treinamento impactará terminações nervosas, queimará a pele e chamuscará pelos. Sem dúvida, vocês se machucarão nas suas sessões práticas, mas um braço machucado é melhor que um braço *faltando*.

EU NUNCA USEI UM SABRE DE TREINO. NÃO TIVE NENHUM PROBLEMA EM IR DIRETO PARA UM SABRE DE VERDADE.

Anakin

ESTA NÃO É A ÚNICA MANEIRA DE SEGURAR UM SABRE DE LUZ.

-AHSOKA

2.25 Por questões de estabilidade, recomenda-se a empunhadura de padrão humanoide com as duas mãos para younglings.

Os usos de um sabre de luz são variados, já que é uma ferramenta que não se limita ao combate. Um sabre de luz pode formar um escudo para interceptar e desviar tiros de blaster. Ele pode cortar fuselagens e escotilhas e também evaporar líquidos e iluminar passagens escuras. Durante as horas em que vocês puderem empunhar um sabre de treinamento, tratem-no com respeito. Um dia, essa arma salvará suas vidas.

Entretanto, até que vocês completem a cadência *sevinte* com seus golpes chegando a um triz de seu oponente, não estarão prontos para um sabre de verdade. Para atingir esse ponto, vocês deverão mergulhar na Força e praticar, praticar, praticar.

Desviando Tiro de Blaster

Cortando Metal

Evaporando Líquidos

2.26 Usos adicionais de um sabre de luz: a lâmina do sabre de luz corta quase qualquer coisa, mas encontrará resistência contra materiais densos. Ainda que um sabre de luz não libere calor significativo, ele provocará queimaduras.

Forma I de Combate

Existem sete formas de combate de sabre de luz. Como Jedi Iniciados, vocês se concentrarão em apenas uma. A Forma I, ou *shii-cho*, é a mais antiga de todas e a primeira a evoluir da disciplina ancestral da luta de espadas.

Também conhecida como Forma da Determinação ou Caminho do Sarlacc, a Forma I ensina os movimentos básicos de ataque e defesa, focando as zonas de alvo em humanoides: lado esquerdo, lado direito, cabeça e pernas. Não importa se seu corpo é esférico, segmentado ou serpentino — se vocês forem capazes de manipular um sabre, dominarão a Forma I.

QUE ESCOLHA DE NOME HORRÍVEL! -LUKE

2.27 Em um humanoide, as zonas de alvo da Forma I incluem a cabeça, lados esquerdo e direito, e pernas.

A Forma I é o alicerce sobre o qual as demais formas se constroem. Não é o melhor estilo para o desvio de blaster ou para o duelo de sabres de luz, mas, em geral, é uma forma versátil e superior à qual vocês podem recorrer no calor de um combate. Desse modo, vocês devem demonstrar maestria nessa forma antes de poder continuar.

Ao longo das aulas, vocês desenvolverão velocidades — uma rápida sequência de movimentos executada contra seu oponente até que um de vocês grite "Solah!" Durante

2.28 Praticar com um remoto de treinamento é o primeiro passo para aprender a Forma I.

Outra fraqueza Jedi — os Sith não precisam de nenhuma palavra para se render.

2.29 A velocidade da Forma I consiste em seis movimentos fluidos.

essas lutas, pode-se vencer rapidamente com golpes de desarmamento, ou *shiim*. Eles infligem um ferimento superficial em seu oponente, levando-o a largar a arma ou a sentir uma dormência temporária no membro. Em razão da impossibilidade de um sabre de treinamento decepar partes do corpo, essa é a única Marca de Contato que vocês aprenderão durante esse estágio. Desviar os raios disparados por um remoto de treinamento é outro foco do seu exercício diário. Quem quiser se preparar para a Forma V, deverá escolher se especializar nesse estilo.

Ainda que eu seja um Mestre de Batalha Jedi, devo reforçar que a agressão nunca é o caminho do Jedi. Ainda mais fundamental que a Forma I é a Forma Zero — encontrar uma solução não violenta para qualquer problema. Nas palavras de Culoph, Juiz Celeste de Tython, "as melhores lâminas são aquelas mantidas na bainha".

Inteligente Mestre Yaunk é. Para conhecimento e defesa um Jedi usa a força, nunca para ataque.
—Yoda

SE VOCÊ NUNCA USA SEU SABRE, POR QUE TER UM?
Anakin

SIMILARES ÀS VELOCIDADES QUE BEN ME ENSINOU.
-LUKE

Os Testes para Iniciados

Por Grande Mestre Fae Coven

Ao atingir o fim de seus anos como Jedi Iniciados, vocês não são mais younglings nem podem mais permanecer no Templo. Sem crescimento, há morte. Todos vocês devem passar de Iniciados a um novo nível de serviço.

Para atingir esse novo nível vocês devem completar os Testes para Iniciados e estar bem preparados para eles.

- Vocês devem demonstrar conhecimento e compreensão do Código Jedi.
- Vocês também devem demonstrar autodisciplina através da meditação e do combate com sabre de luz.
- Vocês devem provar que a Força flui através de vocês e que não são pedras inflexíveis que bloqueiam a corrente da Força.

Demonstrar entendimento de todos os três um youngling deve, ou pronto para ser um Padawan ele não está.
—Yoda

Espera-se tudo isso de quem completa o treinamento de um Jedi Iniciado, mas nem todos vocês percorrerão o mesmo caminho.

Alguns de vocês passarão de Iniciados para Padawans. Isso os tornará aprendizes de um Cavaleiro ou Mestre Jedi, o que é um passo necessário para que vocês mesmos se tornem Cavaleiros ou Mestres. Mas a competência nos Testes para Iniciados não é o suficiente para gerar um aprendiz Padawan. Vocês devem criar um vínculo com um Cavaleiro ou Mestre, e alguns de vocês descobrirão que

2.30 Um Jedi Iniciado deve demonstrar autodisciplina através do combate com sabre de luz.

[2.31] Caminhos de um Jedi Iniciado: 1. Iniciados podem se tornar Padawans; 2. Iniciados podem entrar para o Corpo de Serviço Jedi; 3. Iniciados devem estar preparados para a possibilidade de deixar a Ordem por completo.

a Força não deseja que vocês sigam esse caminho. Meditem acerca disso agora, e vocês estarão preparados para quando esse momento chegar.

Todos vocês se comprometeram a servir a República, e os membros do Corpo de Serviço Jedi não são menos Jedi que aqueles que vagam pelas estrelas defendendo os fracos. Se vocês não se tornarem aprendizes Padawans, uma posição no Corpo Agrícola ou no Corpo Educacional irá permitir que continuem a seguir os princípios que vocês juraram defender e a servir à República como no voto que terão feito.

Alguns de vocês podem não seguir nenhum desses caminhos. É lamentável, mas o Conselho poderá decidir que o caminho Jedi não é para vocês. Caso cheguem a essa conclusão por conta própria, então, será a Força falando, e vocês não deverão seguir o Caminho Jedi. Se esse for o seu destino, lembrem-se do seu treinamento enquanto constroem uma nova vida e procurem oportunidades que tragam benefício para vocês e para os outros.

Tantos usuários da Força ainda perdidos no Império — todos os Iniciados fracassados que possuem conhecimento suficiente para serem perigosos.

A existência do Corpo de Serviço Jedi enfraquece a Ordem. Expulsar Iniciados com pouco potencial melhoraria nossa imagem pública.
—Dookan

Tendo a concordar com o sentimento original. O poder deveria estar concentrado em poucos.
Anakin

Errado – o Corpo de Serviço conta com alguns dos nossos melhores membros.
—Kenobi

[illegible]
[illegible]

PARTE III
PADAWAN

NÃO PASSEI POR ESSA ETAPA
E DOIS APRENDIZES DEBANDARAM PARA
O LADO NEGRO. SERÁ
UM DEFEITO MEU?
-LUKE

TORNANDO-SE UM APRENDIZ

POR GRANDE MESTRE FAE COVEN

Como Iniciados, vocês aprenderam muito sobre os caminhos de um Jedi, mas mundos de experiência permanecem um mistério para vocês. À medida que progridem de Iniciados para Padawans, instruções públicas dos professores do Templo são substituídas por orientações individuais de um Mestre. Nem todo Iniciado se tornará Padawan, mas aqueles que se tornarem seguirão o chamado da Força para um novo nível de serviço.

3.1 O TORNEIO DE APRENDIZES NÃO É APENAS PARA COMBATE. ELE DEVE SERVIR PARA DEMONSTRAR PORTE, DISCIPLINA E APTIDÃO PARA A FORÇA.

Meu aprendizado com Qui-Gon não é muito típico. ~~Eu não~~ Eu não acredito que ele me aceitou depois daquele incidente em Bandomeer.
-Kenobi

Ao atingirem a idade apropriada (para a maioria dos humanoides, mais ou menos entre doze e catorze anos padrão) e terem passado pelos Testes para Iniciados, vocês estarão aptos para serem selecionados por um Cavaleiro ou Mestre Jedi e se tornarem aprendizes. Uma forma de atrair a atenção de um Mestre em potencial é através do Torneio de Aprendizes. O Templo realiza anualmente uma competição de sabre de luz para Padawans, que algumas vezes inclui rodadas "todos contra todos" ou competições embaixo d'água ou em câmara de gravidade zero. Ainda que o vencedor do torneio se torne, sem dúvida, aprendiz, o verdadeiro propósito é demonstrar seu estilo individual, para que um Mestre visitante possa avaliar suas habilidades e seu potencial de servi-lo como Padawan.

EU NÃO TIVE TESTE. QUI-GON DISSE PARA OBI-WAN ME TREINAR, E ACHO QUE ELE SE ARREPENDE DISSO.
Anakin

Para Iniciados que não são talentosos no combate, talvez o Torneio de Aprendizes não seja a melhor forma de atestar suas habilidades. Consulares Jedi que estão procurando por novos Padawans não costumam ir ao torneio e preferem perguntar à equipe do Templo pelos estudantes mais promissores. Então, se vocês querem contar com uma boa recomendação, é melhor terem isso em mente quando se relacionarem com seus instrutores.

AH! OLHA QUEM ESTÁ FALANDO! ACHO QUE SOU UMA EXCEÇÃO À REGRA DOS TEMPOS DE GUERRA.
-AHSOKA

3.2 O LAÇO ENTRE MESTRE E APRENDIZ É A ESTRUTURA BÁSICA DA UNIDADE DA ORDEM JEDI.

O Conselho Jedi, em geral, não se envolve na união entre Mestre e Padawan. A Força irá agir como um guia, expressando-se através desse laço, e é raro que precise de ajuda externa. No entanto, algumas vezes, Videntes Jedi já previram destinos que requerem um arranjo particular. Nessas decisões, a vontade da Força — e, por extensão, a vontade do Conselho — deve ser seguida. O Conselho tem a palavra final.

Trabalhando com Seu Mestre

Como Padawans, vocês se arriscarão pela galáxia muito além de Coruscant. Aproveitem essa oportunidade para investigar a Força e absorver a sabedoria de um Cavaleiro ou Mestre que há tempos serve à República.

Desde quando um Padawan eu era, muito tempo se passou. Desafiadoras são as expectativas. De muitas maneiras, a mais difícil das etapas Jedi essa é.
—Yoda

A vida de um Padawan tem diferenças radicais comparada à de um Iniciado. Suas atividades enquanto younglings eram compartilhadas e estruturadas, mas, como Padawans, vocês executarão missões sem desfecho definido, e espera-se que consigam acompanhar o Jedi que está com vocês em todos os sentidos.

É comum que novos Padawans sejam tentados pela autopiedade ou a se sentir inadequados para a tarefa em questão. Esses sentimentos cessarão em poucos meses. Uma vez que tenham estabelecido um relacionamento profissional com seu Mestre, vocês serão capazes de redirecionar o foco para aqueles a quem devem servir.

A vida de um Jedi é de serviço aos cidadãos da República, e seu aprendizado é elaborado para prepará-los para essa vida. Estranhos podem olhar confusos para vocês, com hostilidade, ou até com reverência, mas vocês deverão focar na missão.

3.3 Jedi servem para auxiliar a população da República. Você e seu Mestre podem ser chamados para dar assistência em uma emergência ou momento de necessidade.

3-4 UMA POSTURA DE LUTA "COSTAS COM COSTAS" PODE TORNAR MESTRE E PADAWAN INVENCÍVEIS.

Seu guia através de tudo isso será seu Mestre. Escutem todos os ensinamentos de seu Mestre, mesmo quando eles parecerem contrários ao que vocês aprenderam no Templo. Vocês são aprendizes por uma razão — se não agarrarem cada oportunidade de aprender, nunca chegarão a se tornar Cavaleiros.

Sério!?
-Thame

Alguns Padawans terão um Mestre que não fala o mesmo idioma deles, que não é da mesma espécie ou até que não tem a mesma configuração corporal básica. Esses Padawans são os mais afortunados. O aprendizado é para adquirir conhecimento, e oportunidades de reconhecer vida em todas as suas formas apenas reafirmam a principal missão de um Jedi.

Seja seu Mestre um místico, um estudioso ou um veterano com cicatrizes da guerra contra os Sith, vocês deverão se moldar a qualquer que seja o papel necessário à missão. Vocês são Padawans — deverão estar preparados para tudo que seja exigido de vocês.

Acho que não estou criando essa conexão com Qui-Gon. Ele é muito difícil de interpretar, e as missões estão muito além do que eu me preparei para cumprir.
-Kenobi

ESTRANHO PENSAR QUE BEN JÁ FOI COMO EU — INSEGURO E QUESTIONANDO SEU LUGAR.
-LUKE

Trajes e Conduta Padawan

Por Morrit Ch'gally, Recrutador Jedi

Grande parte do sucesso Jedi se equilibra precariamente sobre a percepção pública da Ordem. Por favor, não dificultem meu trabalho como recrutador parecendo desleixados e preguiçosos.

A trança é o sinal mais significativo de que vocês são novos Padawans. Para espécies com cabelos ou pelos, sua trança enrolada com firmeza deve crescer atrás de sua orelha esquerda ou direita, enquanto o restante de seu cabelo é mantido aparado bem curto. Ela também pode ser adornada com contas ou linhas. Essa trança marca vocês como Padawans. Ela será removida quando se tornarem Cavaleiros.

Parece excesso de restrição do Conselho. Q-G

Por que não estou surpreso? -Kenobi

3.5 Trança Padawan padrão.

Espécies sem pelos podem usar tranças falsas feitas de lona ou tecidos em torno do pulso, do pescoço, da orelha ou dos chifres. Outras alternativas surgiram com o passar dos séculos: Padawans Iktotchi podem usar uma tiara metálica sobre as pontas dos chifres em seus crânios. Padawans Sluissi podem tatuar a bochecha esquerda. Padawans Swokes Swokes podem implantar um medalhão sob a pele em suas testas.

3.6 Padawans sem cabelo podem mostrar sua classe de outras maneiras. Padawans Togruta costumam usar uma corrente de contas.

BELA FIGURA! AS MINHAS SÃO DE CONTAS DE SILKA. -AHSOKA

Eu gosto de como o Mestre Unskette e eu ficamos com o capuz! Mas o novo corte de cabelo coça. -Thame

3.7 O UNIFORME DE UM PADAWAN, MOSTRADO COM E SEM ROBE, CONSISTE EM TÚNICA, BOTAS E CINTO DE UTILIDADES.

O uniforme é outro símbolo externo do status de vocês. Ele é confeccionado com tecido modesto e resistente, similar ao que usavam como Iniciados, mas sua túnica com capuz torna-os mais adequados para viagens e exposição às condições meteorológicas. Seu traje Padawan também inclui um cinto de utilidades com bolsas contendo cápsulas de comida e comunicadores, assim como outras ferramentas específicas para as missões determinadas pelo intendente do Templo.

Como Padawans, vocês refletem não apenas o seu Mestre, mas toda a Ordem Jedi. Lembrem-se de se comportar com calma e profissionalismo, responder a todas as perguntas direcionadas a vocês, serem justos, mas firmes, e se manter bem longe de cantinas e locais de uso de drogas.

Mas você pode reunir informações excelentes em lugares como esses. -Kenobi

VERDADE! EU SEMPRE ME LEMBRAREI DO CHEWIE! -LUKE

O Conselho de Redesignação

Por Gal-Stod Slagistrough, AgriCorp Jedi

Todo mundo pensa que sabe o que é um Jedi — que todos nós servimos no Exército da Luz e lutamos contra os Lordes Sith, ou que todos somos mestres em batalha com sabre de luz e ases de caças estelares. Não é bem assim. Os Jedi também podem servir à República de outras maneiras. O Corpo de Serviço Jedi é uma alternativa honrada para todo graduando Iniciado, e ele ou ela deve ter orgulho de servir em suas fileiras.

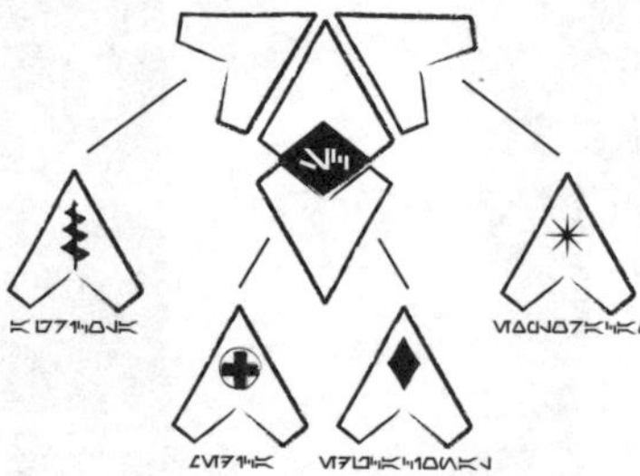

3.8 O Corpo de Serviço Jedi abrange as divisões Agrícola, Médica, Educacional e de Exploração.

Eu tive sorte de salvar Qui-Gon em Bandomeer e ter uma segunda chance. -Kenobi

Quando a maioria dos Iniciados atinge o início da adolescência, eles procuram fazer par com Mestres para dar início ao seu aprendizado como Padawans. Se vocês não forem escolhidos, o que acontecerá? Poderão tentar na temporada seguinte, mas talvez os instrutores do Templo venham lhes dizer que suas chances se esgotaram — é aí que o Conselho de Redesignação entra em cena.

O Corpo de Serviço Jedi se divide em quatro: o Corpo Agrícola, o Corpo Médico, o Corpo Educacional e o Corpo de Exploração. O Conselho de Redesignação, que direciona os candidatos a uma dessas quatro divisões, gerencia a carreira desses Jedi uma vez que foram alocados.

Nem todo membro do Corpo de Serviço Jedi falhou em se tornar Padawan. Muitos Cavaleiros, Mestres e Padawans escolhem trabalhar no Corpo por seus talentos especiais — aproveitando o melhor de ambos os mundos, pode-se dizer. Ainda assim, a maior parte daqueles no Corpo de Serviço Jedi recebe suas transferências do Conselho de Redesignação após uma série de tentativas malsucedidas nos Testes para Iniciados.

Uma carreira no Corpo de Serviço Jedi permite que eles sustentem os princípios da República por meios importantes. Alguns Jedi fazem campanha por transferências dentro de uma certa divisão do Corpo para seguir uma paixão particular. É uma antiga e nobre tradição.

3.9 Membros do Corpo de Serviço trabalham com frequência junto a Cavaleiros e Mestres.

Eu aprisionei os sobreviventes do Corpo de Serviço Jedi em Byss. Mesmo os mais fortes passaram com facilidade para o lado negro.

Violia foi designada para o AgriCorp. Talvez eu possa visitá-la se o Mestre Unskette tiver de ir a Dilonexa. -Thame

O Corpo Agrícola

Maior divisão do Corpo de Serviço Jedi, o Corpo Agrícola utiliza a Força para nutrir e cuidar do verde e dos cultivos. Por essa razão, somos afiliados à Administração Agrícola da República, mas nós somos Jedi, não burocratas. (Às vezes, vocês precisarão lembrar isso a seus companheiros.)

O princípio por trás do AgriCorp é que a Força Viva existe em todas as coisas e responde à sua vontade. Nossos inimigos não são exatamente Lordes Sith, mas são inimigos da vida da mesma maneira. Seca, praga, doença e desequilíbrio — todos trabalham contra a biosfera saudável de um planeta e podem ser abrandados através da aplicação concentrada da Força.

3.10 A habilidade de controlar o crescimento de uma planta se chama *Consitor Sato*.

SUSPEITO QUE TAHIRI TENHA TALENTO NESTE CAMPO. NÃO TENHO MOTIVOS PARA COMEÇAR UM CORPO SEPARADO, MAS PODERIA FUNDIR AS DUAS FILOSOFIAS. -LUKE

Uma aplicação admirável da Força Viva. Q-G

3.11 Os campos de denta em Taanab abrigam o quartel-general do AgriCorp na Orla Interior.

O AgriCorp é liderado por um conselho de Mestres Jedi com afinidade especial com essa linha de trabalho — muitos Ho'Din e Ithorianos preenchem essas fileiras. Os Jedi Iniciados servem algumas vezes durante um breve rodízio ao Corpo como parte de seu aprendizado na Força Viva.

A maioria dos AgriCorps faz carreira. A maior parte do nosso trabalho é baseada em Salliche ou no cordão dos Mundos do Núcleo, formando o Circuito Ag de Salliche. Mas há outros posicionados na Orla Média em importantes mundos de processamento de alimentos, como Ukio. Os geólogos Jedi formam um ramo de especialização do AgriCorp, tendo se originado da necessidade de estudar a composição das crostas planetares em mundos não familiares.

A qualidade mais importante de um membro do AgriCorp é a paciência. Plantas levam muito tempo para crescer, e a decomposição orgânica leva muito tempo para ser erradicada. Se a meditação era sua matéria favorita no Templo, então vocês podem encontrar no AgriCorp um serviço adequado à sua paixão.

Eles seriam úteis em Tatooine. -Luke

O AgriCorp comunga com a Força e estimula o crescimento da vida através do aumento da produção de alimentos da República. Só não se sintam muito mal quando, algumas vezes, o público esquecer que vocês também são Jedi.

O Corpo Médico e o Corpo Educacional

A segunda e a terceira divisões do Corpo de Serviço Jedi são as menores em termos de quantidade de membros. Como a cura e o estudo já são amplamente praticados por muitos Cavaleiros e Mestres, não há tanta necessidade de especialistas.

O Corpo Médico está baseado bem aqui no Quadrante do Primeiro Conhecimento no Templo. Como parte dos Salões de Cura, a Enfermaria do Corpo Médico Jedi é uma das instalações mais avançadas da República e está conectada ao Centro Médico da Cidade Galáctica via transporte particular de alta velocidade. Como consequência, nem todos os seus pacientes são Jedi. Às vezes, casos críticos são trazidos aqui para receber auxílio do MedCorp, em especial para o Círculo de Curadores Jedi, que se reporta diretamente ao Conselho de Redesignação.

O MedCorp funciona de maneira similar ao AgriCorp. Ambos os grupos usam a Força objetivando a cura e encorajando o crescimento de células saudáveis. Mas, como o MedCorp opera em seres inteligentes, seus membros também são enviados para zonas de guerra e áreas de desastre.

VERDADE ABSOLUTA! -AHSOKA

Entre os maiores trunfos do MedCorp estão os Cristais Curadores de Fogo. Eles constituem um dos mais importantes artefatos místicos do Templo e são mantidos sob constante guarda pelo Círculo. Dizem que os cristais podem trazer de volta pacientes à beira da morte quando tudo mais tiver falhado.

MEU ESTUDANTE CILGHAL PODERIA SER UM DOS MEMBROS DO CÍRCULO DE CURADORES. EU ME PERGUNTO O QUE ACONTECEU COM OS CRISTAIS DE FOGO. -LUKE

Por fim, o Corpo Educacional, ou EduCorp, consiste em acadêmicos, professores e arquivistas. Espera-se que todos os Jedi sejam professores em algum momento, mas o EduCorp vai muito além disso. Ele funciona sob a supervisão do bibliotecário-chefe do Templo, e seus funcionários gastam a maior parte dos dias catalogando e traduzindo.

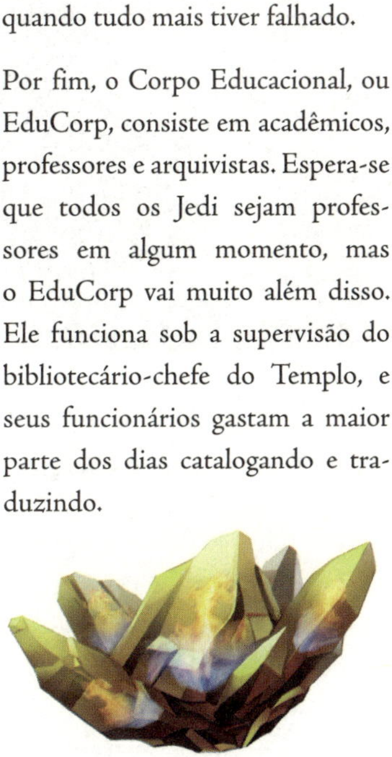

3.12 Cristais Curadores de Fogo

Não, essas tarefas não podem ser deixadas para os droides. A tarefa de desvendar as camadas de informação dentro de um Holocron só pode ser realizada por uma pessoa com sensibilidade para a Força. Alguns dos Holocrons, cartões de dados e pergaminhos datam das eras de Ossus e Tython e ainda revelam seus segredos após milhares de anos de estudo. A Ordem Jedi colhe os frutos desse esforço, mas muitas vezes o núcleo da Ordem não percebe de onde ele vem. Dentro do Corpo de Serviço Jedi, o senso de humildade é uma característica valiosa.

OS HOLOCRONS SITH TAMBÉM? ELES NÃO REVELAM SEUS SEGREDOS PARA QUALQUER UM.
—DOOKAN

AGORA ELE ESTÁ TENTANDO ROUBAR OS HOLOCRONS DO TEMPLO!
-AHSOKA

3.13 Os membros do Corpo Educacional são os guardiões do conhecimento — o trunfo mais valioso da Ordem Jedi.

O Corpo de Exploração

A última divisão do Corpo de Serviço Jedi é a mais dispersa. O Corpo de Exploração considera toda a galáxia seu território, e é raro encontrar seus membros no Templo (exceto pelos Mestres superiores, que se reportam ao Conselho de Redesignação). Em vez disso, podem-se encontrar pequenos postos avançados do ExplorCorp em quase todas as Artilharias/Depósitos Regionais da República (ORD), alguns deles com mais de 10.000 anos.

Esses postos avançados de abastecimento de combustível e de suprimentos são usados para ensaiar expedições espaciais no espaço próximo. A missão do ExplorCorp é descobrir novos planetas, artefatos, espécies, criaturas e hiper-rotas, e ajudar quaisquer inocentes que possam encontrar no curso de suas aventuras.

Em cada base ORD, a equipe do ExplorCorp opera algumas naves exploradoras de longo alcance, cada uma delas com pouco armamento, mas muitos sensores e bens de consumo. Os membros do ExplorCorp são responsáveis por fazer o primeiro contato com quaisquer espécies que desejem se juntar à República. É uma grande honra representar a face da coalizão galáctica.

Nem todas as espécies são amigáveis de primeira; então, o ExplorCorp é a divisão que mais vê combates do Corpo de Serviço Jedi. Ele também tem a maior proporção de Cavaleiros e Mestres servindo em suas fileiras. Alguns Mestres se especializam na arte da navegação da Força, uma técnica que usa meditação direcionada para o exterior para suavizar as dissensões no hiperespaço e penetrar os territórios considerados zonas proibidas.

UMA BOA IDEIA. EU VOEI EM MUITAS MISSÕES DE LONGO ALCANCE EM UMA X-WING INDIVIDUAL.
-LUKE

Eu vi o mestre Saesee Tiin fazer isso. É memorável! Um pouco além das minhas habilidades.
-Kenobi

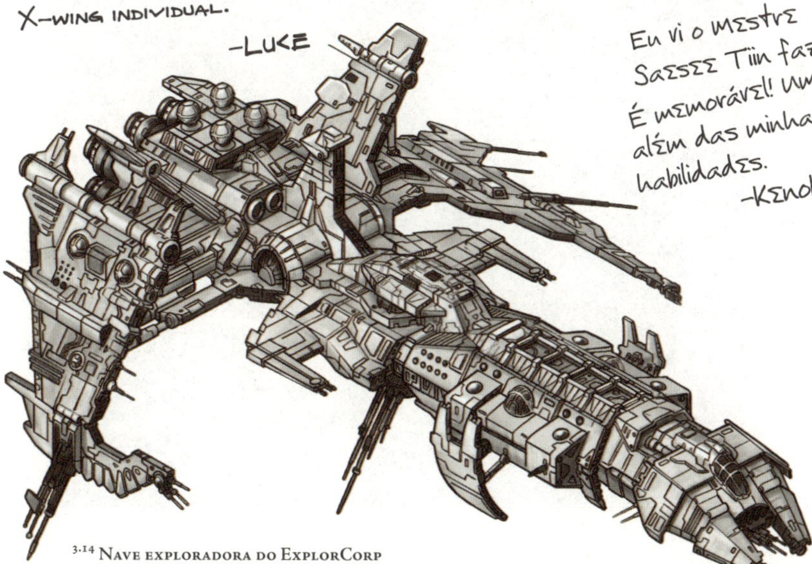

3.14 Nave exploradora do ExplorCorp

O ExplorCorp está desbravando, aos poucos, a amplidão das Regiões Desconhecidas, sistema por sistema.

Além de gerenciar as bases ORD, o ExplorCorp opera naves praxeum. Iniciados que fizerem carreira no ExplorCorp irão, mais cedo ou mais tarde, se encontrar a bordo de uma dessas academias de treinamento móveis, onde poderão continuar seus estudos enquanto apoiam missões espaciais de longo prazo.

O ExplorCorp é afiliado ao Corpo de Pesquisa da República e à Sociedade Zoológica Intergaláctica. A Academia de Arqueologia Jedi também é afiliada ao ExplorCorp, cujos membros desvendam relíquias e inscrições que são, então, remetidas ao Corpo Educacional para tradução.

O mesmo motivo bobo pelo qual os Jedi pensaram que poderiam obter êxito no projeto Voo de Expansão. Eu dei um rápido fim a isso.

3.15 Através da projeção da meditação na Força, um membro do ExplorCorp pode manobrar uma nave através do denso hiperespaço.

OS SOBREVIVENTES DO VOO DE EXPANSÃO ESTÃO EM SEGURANÇA NO REDOUBT. MAIS UM PASSO PARA DESFAZER O LEGADO DESSE MONSTRO. -LUKE

Sabres de Luz: Construção e Uso

Por Skarch Vaunk, Mestre de Batalha Jedi

O ato de construir um sabre de luz marca para sempre um Padawan como membro da Ordem Jedi. A construção de um sabre de luz é mais importante que o ato de lealdade à organização, que se sustenta há milhares de gerações. É uma oportunidade de construir um sabre *único* de uma pessoa. Os Jedi se empenham na consistência de seus modos e trajes, mas eles não ditam regras sobre esta que é a arma mais pessoal de todas.

Conhecer a si mesmos os Padawans devem, antes que um sabre de luz único eles possam construir.
—Yoda

3.16 Meditar em Ilum pode provocar alucinações, mas é essencial para a cerimônia de construção.

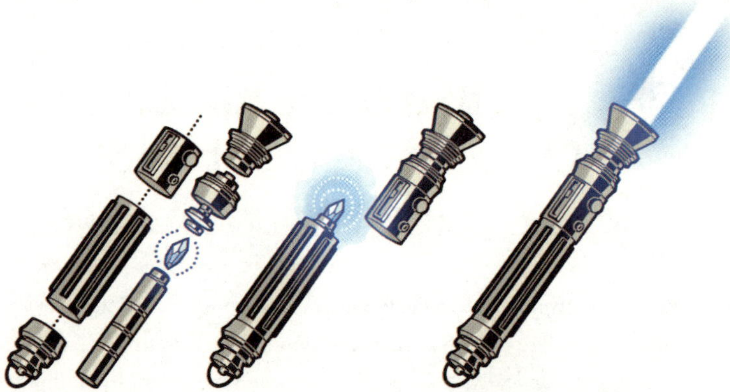

3.17 Após a montagem das peças do cabo de seu sabre de luz, o cristal deverá ser alinhado pela Força, ou a lâmina explodirá ou não será ativada.

Componentes Seu Mestre deve tê-los ensinado a escolher as peças que compõem um sabre de luz: o punho, a matriz do emissor, o grupo de lentes coloridas, a célula de energia e o cristal de foco. Deixem a Força orientar sua seleção. Se um cabo talhado em madeira de greel ou lentes coloridas atípicas falarem com vocês, escutem essa voz.

Busca de visão A menos que as circunstâncias sejam incomuns (ou desesperadoras), vocês farão seu primeiro sabre nas cavernas de cristal de Ilum. Esse planeta Jedi é a fonte dos cristais que emitem lâminas de plasma verde luminoso e azul brilhante. A meditação irá ajudá-los a selecionar o cristal apropriado. Vocês deverão memorizar este mantra:

O cristal é o coração da lâmina.
O coração é o cristal do Jedi.
O Jedi é o cristal da Força.
A Força é a lâmina do coração.
Todos estão ligados: o cristal, a lâmina, o Jedi. Somos um.

Durante a meditação, vocês poderão ter flashes de seu futuro ou insights sobre a estrutura do universo.

Conquista O passo final requer concentração absoluta e é a razão do foco forçado no isolamento em Ilum. As peças do cabo do sabre de luz devem ser fundidas em nível molecular. Isso é feito através da aplicação precisa da Força. Fracassem ao alinhá-las da maneira correta e o sabre poderá explodir ao ser ativado. Mais doloroso que a perda de sua mão será o tormento de seu fracasso.

Fique em guarda — gorgodons nativos têm apetite para formas de vida com base de carbono! Q-G

Isso está incompleto! O Conselho está tentando nos matar? -Kenobi

Não entendo a confusão — eu matei três deles com facilidade. Anakin

OS GORGODONS SÓ ESTÃO FAMINTOS! TENTEM DAR RAÇÃO PARA ELES DA PRÓXIMA VEZ. -AHSOKA

Variações de Sabre de Luz

É raro um Padawan construir um sabre de luz diferente do padrão durante suas experiências visionárias em Ilum. Em geral, uma variação de design só emerge muito depois, após anos de experiência despendidos analisando o próprio estilo de luta e avaliando as deficiências causadas por aquele primeiro esforço.

INTRIGANTE.
—DOOKAN

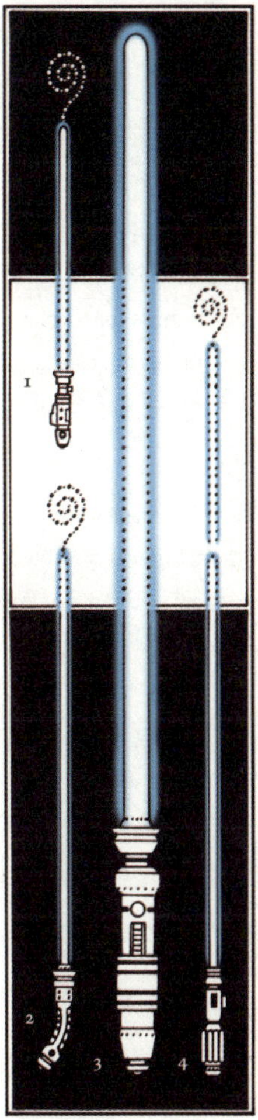

3.18 Variações do sabre de luz: 1. Shoto; 2. Punho curvado; 3. Clava de luz; 4. Sabre de luz bifásico

- O **sabre de luz de punho curvado** é, talvez, a menos radical das variações. Seu cabo estendido tem uma leve curvatura que raramente excede os trinta graus. Estilo comum entre praticantes de combate de sabre de luz da Forma II, que preferem o peso equilibrado e a empunhadura precisa no duelo de sabres.
- O **shoto** é um sabre de luz curto com uma lâmina que se estende por cerca de meio metro. Costuma ser manejado pelo Jedi como uma segunda lâmina. A **guarda shoto** é feita com o uso de uma empunhadura perpendicular, permitindo giros que desequilibram o oponente, mas colocando quem o usa em risco. Não aprovo o uso da guarda shoto.

Um shoto eu uso. Uma arma secundária não é para os Jedi menores.
—Yoda

- A **clava de luz** é um sabre gigante, com cabo maciço e lâmina grossa. Clavas de luz costumam ser construídas por Houks ou Jedi maiores que o normal.
- O **sabre de luz bifásico** usa o controle de foco para alternar cristais gêmeos, permitindo que uma lâmina de tamanho normal subitamente duplique de comprimento. Útil apenas para ataques surpresa, e não achei prático para as cadências de corrida com o sabre.

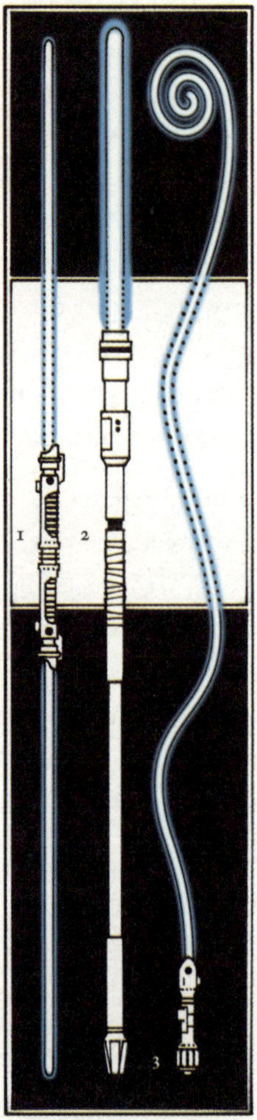

3.19 Variações de sabre de luz: 1. Sabre de luz de duas lâminas; 2. Sabre de luz lança; 3. Chicote de luz

- Uma imagem familiar da última Guerra Sith, o **sabre de luz de duas lâminas** é conhecido como uma arma Sith, mas não existe nenhuma herança maldita em seu design. Usá-lo requer anos de estudo, e poucos Jedi – além de mim – podem instruí-los.

VERDADE, MAS NAS MÃOS DE UM SAQUEADOR LADO NEGRO É DIFÍCIL DE DEFENDER MESMO PARA MESTRES EXPERIENTES
Anakin

- O **sabre de luz lança** emprega o mesmo estilo de combate do sabre de duas lâminas. Ambos são armas bastão, mas a lança possui uma haste de metal resistente a sabre e uma pequena lâmina em uma das extremidades.

- O **chicote de luz** é a mais exótica de todas as armas que usam a tecnologia dos cristais de energia. Ao invés da lâmina rígida, o feixe de energia do chicote de luz é flexível e pode ser empunhado para enroscar ou cortar. A menos que já sejam experts com chicotes comuns, vocês não devem sequer tentar segurar um chicote de luz.

O CHICOTE DE LUZ DE LUMIYA PARECIA SER BASEADO NISSO, AINDA QUE O DELA TIVESSE VÁRIOS FILAMENTOS.
–LUKE

Medidas de Defesa contra o Sabre de Luz

A maioria das pessoas acredita que um sabre de luz pode cortar qualquer coisa. Essa percepção errônea costuma funcionar a nosso favor, mas todos os Jedi devem saber das limitações naturais de sua lâmina de energia.

As substâncias que podem ser moldadas por nossos inimigos em medidas de defesa contra o sabre de luz são as mais perigosas. Estudem-nas e aprendam a identificá-las à primeira vista, e vocês poderão se prevenir de surpresas desagradáveis durante a batalha.

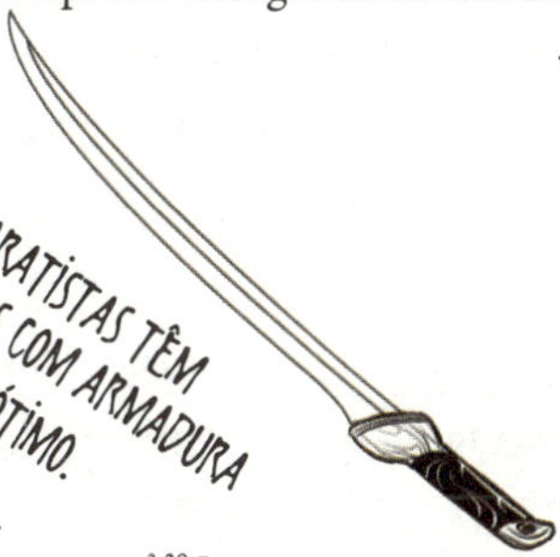

3.20 Lâmina de cortosis

AGORA OS SEPARATISTAS TÊM ALGUNS DROIDES COM ARMADURA DE CORTOSIS. ÓTIMO.
—AHSOKA

3.21 Escudo de ultracromo

eus inquisidores receberam scudos de ultracromo useados no esign de Jarrurah Kal.

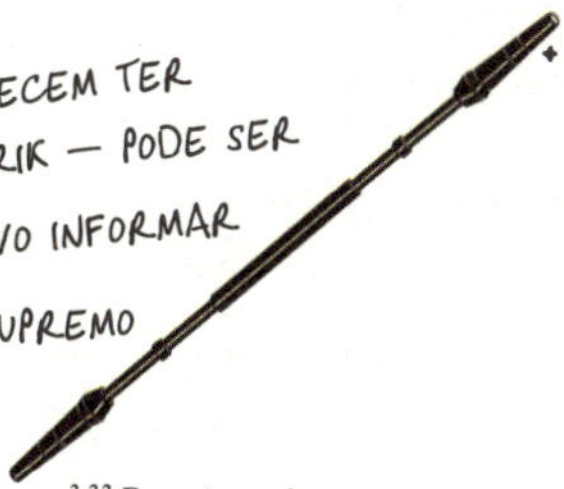

3.22 Bastão elétrico de phrik

S GROMAS PARECEM TER EPÓSITOS DE PHRIK — PODE SER RIGOSO. EU DEVO INFORMAR CHANCELER SUPREMO ALPATINE.
Anakin

- **Cortosis** Este minério, extraído de minas nos planetas de Duro a Apatros, é o mais disponível entre todas as medidas de defesa. Quando usado para causar uma armadura corporal ou um escudo, é capaz de desviar uma lâmina ou causar um impacto de retorno, que pode desativar a lâmina. O cortosis é quebradiço; portanto, em certas ocasiões, o poder do golpe que vocês desferirem pode quebrar esse tipo de armadura.

MARA E EU ENCONTRAMOS UM POUCO DESTE MATERIAL EM NIRAUAN. QUERO ISOLÁ-LO ANTES QUE OPORTUNISTAS APAREÇAM PARA MINAR O LOCAL E VENDER O MINÉRIO.
—LUKE

- **Ultracromo** Este material supercondutor é usado pelos Irmãos de Barbeen, entre outros. A lâmina do sabre se difunde sobre a superfície de um escudo de ultracromo, podendo derreter sua camada superficial, mas um escudo de ultracromo consegue parar quaisquer investidas penetrantes.
- **Neurânio** e **Phrik** Estes são metais raros que, quando moldados em escudos ou armadura, podem resistir a um golpe de sabre de luz. O neurânio pode rachar durante uma batalha e, às vezes, quebrar, mas o tempo e o esforço necessários para isso podem drenar as forças de um Jedi.

3.23 ARMADURA FEITA DE AÇO MANDALORIANO

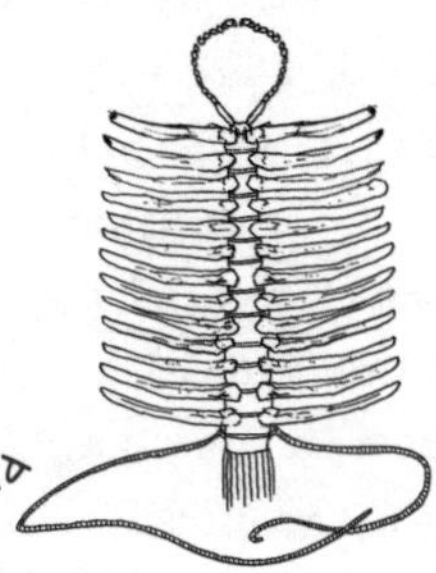

3.24 UM PEITORAL FEITO DOS OSSOS DE UM NIGHTHUNTER

Quem amarraria partes de uma coisa morta sobre o corpo?
-Thame

- **Aço mandaloriano** Também é chamado de *beskar* em mando'a. Essa criação dos metalúrgicos mandalorianos permanece como a medida de defesa contra sabre de luz mais eficaz até hoje. Os sabres mal podem arranhá-lo, e um Jedi, ao encarar um mandaloriano usando *beskar*, é aconselhado a atacar os pontos fracos no pescoço e nas articulações, ou usar a Força para desequilibrar o inimigo. É raro ver o aço mandaloriano com forasteiros, e sua escassez é uma das maiores bênçãos da Força.
- Os **ossos** de algumas criaturas, como Onderon ou Felucia, e **carapaças** de outras criaturas, como os taozins e os fireworms, demonstram resistência natural ao sabre. Catadores inclinados a procurar essas carcaças podem explorar essas criaturas e usar seus ossos com lâminas pontudas capazes de deter golpes de sabre de luz e transformar carapaças em escudos rústicos.

FORMAS DE SABRE DE LUZ

Existem sete formas de combate com sabre de luz. A Forma I foi o foco do seu treinamento quando younglings. Padawans devem ampliar suas habilidades de combate dominando uma ou mais das formas a seguir.

Forma II de Combate com Sabre de Luz: *Makashi*

A segunda forma clássica de combate com sabre de luz, *Makashi*, é também conhecida como Forma da Contenção ou Caminho do Ysalamiri, nome de uma curiosa criatura da Orla Interior. Esse é o estilo preferido para duelos de sabre de luz e é a mais elegante das seis formas tradicionais.

3.25 Em um duelo na postura da Forma II, os pés devem estar alinhados.

O estilo *Makashi* enfatiza golpes precisos e um trabalho de pernas bem equilibrado. Um praticante da Forma II mantém ambos os pés, um à frente do outro, em linha e avança ou recua sobre essa linha, evitando os saltos e acrobacias da Forma IV. É um estilo de uma só mão, de modo que os que aderem a ele preferem sabres de luz balanceados, incluindo as variações de punho curvado.

Um duelo bem-sucedido na Forma II se encerra de maneira rápida pela penetração na defesa do oponente e desferindo uma Marca de Contato ou um golpe desarmador. Duelistas experientes são hábeis em duas Marcas de Contato. O *sun djem* lhes permite derrubar rapidamente o sabre de luz, com movimentos ágeis e giratórios ou ao atingir e queimar os dedos do inimigo. O *shiak* consiste em ataques frontais perfurantes que são o resultado natural dessa postura.

PULOS E PIRUETAS SÃO PARA A RALÉ. UM CONDE DE SERENNO NÃO PRECISA DE TRUQUES, APENAS DE UMA RÁPIDA DEMONSTRAÇÃO DE SUPERIORIDADE —DOOKAN

3.26 A Marca de Contato *sun djem* acaba com o duelo ao derrubar a arma do oponente.

Os duelos da Forma II são uma tradição respeitada entre os Mestres que receberam a honraria de mestre da lâmina. Anualmente, durante o Festival do Meio do Ano, mestres da lâmina exibem suas habilidades para seus companheiros Jedi no pátio externo do Templo Jedi. Marcado por uma saudação de abertura e um floreio da lâmina, os duelos acontecem até que todos os competidores tenham sido desarmados ou desistido.

O uso da Forma II viveu um ressurgimento durante a última guerra, quando Cavaleiros Jedi se viram enfrentando exércitos Sith armados com sabre. Os ataques fluidos do *Makashi* e as esquivas proporcionaram uma vantagem crítica durante esses duelos mortais. Poucos Padawans optaram por estudar a Forma II nos anos que seguiram à derrota dos Sith em Ruusan, porque, atualmente, as probabilidades de se encontrar um inimigo armado com sabre de luz são quase nulas. No entanto, eu considero a Forma II a mais disciplinada de todas as formas e ainda estimulo o seu estudo.

Quem dera! Um aluno do mestre Qui-Gon sucumbiu e se tornou perigoso. Temo que mais ameaças ainda se revelem.
-Kenobi

3.27 Em um duelo de sabres de luz, os participantes erguem suas lâminas em cumprimento e floreiam antes que a luta comece.

Forma III de Combate com Sabre de Luz: *Soresu*

A terceira forma, *Soresu*, também conhecida como Forma da Resiliência, ou Caminho do Mynock, é a expressão definitiva da defesa — e diz-se que seus mestres são inatingíveis por qualquer forma de ataque.

Quem deseja estudar a Forma III é aconselhado a praticar a meditação, já que o *Soresu* é a forma mais voltada para o interior. Vocês devem se manter calmos enquanto seus inimigos se agitam à sua volta.

A Forma III é o estilo ideal de sabre de luz para interceptar tiros de blaster e é comum entre membros do ExplorCorp e outros Jedi que ficam na Orla. Um Jedi solitário pode resistir a uma emboscada de vinte atiradores armados com blaster ao se pôr na Meditação Móvel. Usando esse estado iluminado, um Jedi pode perceber a posição de cada inimigo e os movimentos necessários para se defender de cada rajada. Como essa técnica — o Círculo de Proteção — é um estado premonitório, seu uso prolongado pode abrir a mente de um Jedi para visões de longo prazo.

Portanto, quando um Jedi encara um brutamontes que usa uma blaster, aconselha-se um golpe de desvio. Essa técnica detém uma rajada e a desvia para o lado, dando ao Jedi a oportunidade de avançar antes que seu atacante possa realizar um segundo disparo. As rajadas podem ser rebatidas na mesma direção da qual vieram, mas esse movimento de precisão é usado com mais frequência na Forma V.

Ao usar a Forma III para lutar com um inimigo empunhando outro sabre, o Jedi deve realizar todos os

Eu gosto disso! Já estou dominando controle — acho que serei boa no Soresu.
-Thame

OS SITH ESTÃO DE VOLTA! OS JEDI NÃO TÊM TEMPO A PERDER COM UMA FORMA PASSIVA COMO ESTA.
Anakin

E AGORA TEM UMA GUERRA ACONTECENDO. MAS SE O SORESU SALVA AS VIDAS DE ALGUNS JEDI, NÃO TEM O SEU VALOR?
-AHSOKA

3.28 A Forma III irá mantê-los vivos caso caiam em uma emboscada.

movimentos junto ao corpo e evitar investidas e estocadas. Isso cria um forte casulo de defesa que torna difícil para o inimigo desferir mais que um golpe oblíquo. Mas isso significa que um mestre na Forma III não é capaz de contra-atacar. Ainda assim, a defesa minimalista preserva as reservas de energia do Jedi enquanto, ao mesmo tempo, cansa o oponente, e um inimigo exausto, em algum momento, irá escorregar, permitindo que o mestre na Forma III garanta a vitória.

3.29 Postura de início para um praticante da Forma III.

Forma IV de Combate com Sabre de Luz: *Ataru*

Ataru é a quarta forma de combate ensinada no Templo. Ela também é conhecida como Forma da Agressão, ou Caminho do Falcão-Morcego. De maneira conveniente, seus movimentos cinéticos requerem que o praticante fique quase o tempo todo na ofensiva. Eu não apoio seu estudo por Padawans, cuja energia da juventude muitas vezes se traduz em execuções negligentes da cadência da Forma IV.

3.30 A investida Falcão-Morcego.

A Forma IV pode parecer uma confusão de saltos e piruetas. Seu estilo é mais bem-praticado pelo Jedi que possui o dom de aumentar sua velocidade e sua energia através da Força. Ainda assim, ela exaure e é mais bem-usada em rompantes curtos.

Os movimentos do *Ataru* são numerosos, e o estilo é mais disciplinado do que sua pressa agressiva indica. Muitos movimentos estão relacionados à técnica da Folha Caída, que se mostrou útil durante a guerra mais recente contra os Sith. Eles incluem a Investida Falcão-Morcego — um ataque surpresa com retirada rápida antes que o inimigo reaja. O Sabre Swarm objetiva múltiplos ataques curtos ao inimigo para forçá-lo a uma postura defensiva.

Para realizar esses movimentos, o praticante da Forma IV deve dominar a movimentação de pés *su ma*. *Ataru* requer que o Jedi use todos os eixos de movimento em um espaço tridimensional — *jung su ma*, um giro rápido; *ton su ma*, um salto mortal; e *en su ma*, uma estrela. Um Jedi habilidoso usa os três movimentos em conjunto com a Força para saltar mais alto e golpear mais rápido, bem como manter com energia músculos cansados até o fim da batalha.

A Forma IV é mais bem-usada contra um oponente individual. Contra muitos inimigos, um Jedi precisará ao menos simular uma defesa. Nesse momento, aconselha-se mudar para a Forma VI, a não ser que vocês sejam verdadeiros mestres no *Ataru*.

Não parece ser bem assim quando alguém está voando na sua direção.
-Thame

3.31 Os fundamentos da Forma IV são três movimentos *su ma*:
1. Giro *jung su ma*; 2. Salto mortal *ton su ma*; 3. Estrela *en su ma*.

Forma V de Combate com Sabre de Luz: *Shien/Djem So*

A quinta das formas tradicionais é conhecida como Forma da Perseverança, ou Caminho do Dragão Krayt. Suas duas variantes, *shien* e *djem so*, podem ser igualmente dominadas pelos praticantes da Forma V, mas a maioria dos Jedi expressa preferência por um ou por outro assim como temos preferência por uma das mãos ao segurar um sabre.

3.32 O *SHIEN* PERMITE AO JEDI REDIRECIONAR OS TIROS DE BLASTER EM DIREÇÃO A UM ALVO ESPECÍFICO.

A Forma V é o estilo de combate de maior exigência física. Enquanto a Forma IV requer velocidade e agilidade, a Forma V requer força. Os Jedi sem habilidade natural para subjugar seus oponentes devem estudar outra forma. Em contrapartida, os Jedi muito altos e de musculatura imponente devem escolher focar na Forma V, sobretudo porque requer menos agilidade que as outras formas.

VOCÊ PODE AMPLIFICAR SEU PODER COM A FORÇA. POR QUE OS JEDI NÃO APRENDEM ISSO? Anakin

Esta forma surgiu através dos esforços dos Mestres Jedi que acreditavam que a Forma III, *Soresu*, não permitia oportunidades suficientes de contra-ataque. Dessa ideia, eles desenvolveram o *shien*, um estilo que desvia tiros de blaster mas redireciona as rajadas numa direção escolhida para atingir quem está atacando e outros alvos oportunos. A técnica da Barreira de Lâminas *shien* cria um túnel de energia de sabre de luz para ricochetear o fogo inimigo em todas as direções e causar o máximo de dano.

O *djem so* segue a mesma filosofia de reverter o ataque do inimigo, mas é aprimorado para o combate de sabres de luz. Seu movimento mais característico é o revide fluido, que desvia um forte ataque inimigo e contra-ataca de imediato. A ênfase do *djem so* continua sendo na força, com golpes violentos — como a Avalanche em Queda ou o golpe alto, para estilhaçar armaduras — que podem penetrar qualquer defesa.

ᴇU PREFIRO
HAMAR DE
EGOCIAÇÕES
GRESSIVAS.
Anakin

Devido à sua dependência em dominar o oponente, a Forma V foi considerada, algumas vezes, uma disciplina inapropriada para os Jedi. Mas aqueles capazes de equilibrar seus aspectos intimidadores com compaixão no uso da Força podem obter sucesso e até superar seu mestre de batalha.

UM ELEMENTO-CHAVE PARA DOMINAR ESSA FORMA.
-LUKE

CHAME DO QUE VOCÊ QUISER,
MAS PARE DE CRITICAR A MINHA
EMPUNHADURA INVERTIDA.
-AHSOKA

3.33 Avalanche em Queda é um movimento *djem so* que usa força ampliada pela Força para desferir um ataque do alto — melhor empregado contra armaduras pesadas.

Forma VI de Combate com Sabre de Luz: *Niman*

Niman, também chamada de Forma da Moderação e o Caminho do Rancor, é a sexta forma tradicional de combate com sabre de luz. No linguajar cotidiano, é conhecida como "forma do diplomata", por ser o estilo preferido dos Consulares Jedi que decidiram não seguir carreira no combate.

A Forma VI é o mais equilibrado de todos os estilos. Não é tão precisa quanto a Forma II, tão defensiva quanto a Forma III, tão cinética quanto a Forma IV nem tão dominante quanto a Forma V, mas a Forma VI deriva de todos os estilos para criar uma forma híbrida marcada pela praticidade.

Muitos mestres de batalha não consideram o *Niman* exigente o bastante. Embora seja verdade que seria quase impossível para um partidário da Forma VI derrotar um expert em *Makashi*, isso não significa que o estilo não seja útil contra criminosos e assassinos. Assim, para os Consulares Jedi, que dedicam um alto percentual de seu tempo ao estudo e à manutenção da paz, é uma forma de fácil domínio.

Para compensar o foco relaxado no uso da lâmina, a Forma VI estimula a integração dos poderes da Força no combate. Dois movimentos notáveis são a Atração, no qual o Jedi puxa por telecinese o inimigo para dentro do alcance do sabre, e o Golpe de Afastamento, no qual o Jedi, usando a Força, empurra o inimigo para longe após infligir um corte. O controle adequado dessas ferramentas permite a um mestre da Forma VI controlar um grupo de inimigos e eliminá-los um por um.

É difícil utilizar a Força como uma arma enquanto se usa um sabre de luz também! Preciso praticar mais. -Kenobi

3.34 No movimento Atração, o Jedi usa a Força para puxar o inimigo para dentro do alcance do sabre.

3.35 No Golpe de Afastamento, o Jedi faz uma Marca de Contato e, então, usa a Força para empurrar o inimigo.

O *Niman* também é o estilo de combate associado ao uso de lâminas gêmeas. A arte de empunhar uma espada em cada uma das mãos é conhecida como Jar'Kai, nome dado pelos Esgrimistas de Yovshin. A Forma VI age como um fundamento dessa prática desafiadora. Aqueles que desejam incorporar uma segunda lâmina podem querer usar um shoto em sua mão secundária, em razão de sua lâmina mais curta permitir maior amplitude de movimentos. Os Jedi com muitos membros, como o priapulin Mestre Skwelli, que usava seis sabres, são uma maravilha a ser preservada nos registros dos Holocrons Jedi.

3.36 Ao usar dois sabres, os praticantes da Forma VI usam uma lâmina shoto mais curta com a mão secundária.

Estou trabalhando nisso mais como um exercício de controle. Duvido que eu vá precisar usar.
Anakin

Eu vi esse registro! Ele é incrível!
-Thame

EU TAMBÉM VI ESSE REGISTRO. SUA FORMA É DESLEIXADA E SEU JOGO DE PERNAS INEXISTENTE.
-DOOKU

Eu estremeço só de pensar em encarar tantos sabres de uma vez.
-Kenobi

Marcas de Contato

Um combate de sabre de luz termina quando um oponente é incapacitado, morto ou forçado a se render. Esses resultados são atingidos através das Marcas de Contato. As Marcas de Contato devem ser aplicadas com atenção e com o objetivo de preservar a vida, a menos que as circunstâncias os obriguem a desferir um golpe mortal.

- ***Shiim***, uma das duas Marcas fundamentais, é um golpe desferido com a borda da lâmina. Em geral, inflige um ferimento superficial, mas, se vocês tiverem qualquer oportunidade na batalha, devem ser rápidos e agarrá-la.

- ***Shiak***, a segunda Marca fundamental, fura o oponente com a ponta da lâmina. Preferida por sua precisão, é uma Marca que indica que vocês estão no controle da lâmina e a Força está no seu controle.

GRANDE VERDADE. É O MOVIMENTO CARACTERÍSTICO DE UM MESTRE MAKASHI. —DOOKAN

- ***Sun djem***, como vocês leram na Forma II, pode desarmar um oponente, destruindo sua arma ou forçando-o a soltá-la.

- ***Cho mai*** é mais direta. Ela decepa por completo a mão com a arma, deixando seu oponente vivo, mas incapaz de continuar a luta. É, portanto, um desfecho piedoso para a batalha.

NÃO SEI SE EU CHAMARIA ISSO DE PIEDOSO. —LUKE

- ***Cho sun*** remove o antebraço inteiro que segura a arma em um ponto acima do cotovelo na maioria dos humanoides. Não tão precisa quanto a *cho mai*, encerrará a batalha rapidamente.

- ***Cho mok*** decepa diferentes membros, como a perna. Mutilações dessa natureza só devem ser feitas se houver abertura e vocês não vislumbrarem nenhuma outra maneira de vencer a luta.

- ***Mou kei*** é uma variação proibida que significa literalmente "desmembrar". Ela envolve o ato de cortar vários membros de uma só vez. Vocês nunca devem usar a *mou kei* contra um ser vivo, considerando que há tantas alternativas.

Não me vejo nunca usando esta marca. -Kenobi

- ***Sai cha*** é o ato de cortar a cabeça de um inimigo na altura dos ombros. A intenção de um Jedi nunca é acabar com uma vida, já que mesmo o pior de nós existe como um ser luminoso no calor da Força. Mas, quando necessário, um sabre de luz também pode matar. Se um *shiak* desferido através do coração não puder ser feito, esse é o método mais indicado para uma fatalidade.
- ***Sai tok*** corta um corpo inteiro em duas metades. Esse ato é considerado, com razão, bárbaro e uma evidência de emoções furiosas do lado negro. A não ser que esteja lutando contra droides, nenhum aluno meu deverá usar o *sai tok*.

OS OUTROS PADAWANS DIZEM QUE OBI-WAN MATOU DESSA FORMA OS SITH EM NABOO. FICO FELIZ QUE ELE TENHA FEITO ISSO.

Anakin

3.37 Existem nove Marcas de Contato que um Jedi pode deixar em seu oponente.

HABILIDADES DE SENTIDO

POR SABLA-MANDIBU, VIDENTE JEDI

Como Iniciados, vocês trabalharam para dominar as reações dos seus corpos e aprimorar suas limitações através da instrução em Controle. Como Padawans, vocês gastarão muito mais tempo desenvolvendo a disciplina do Sentido e as habilidades da Força que emanam dele.

3.38 FORMAS DE VIDA PODEM APARECER BANHADAS POR LUZ SOB O SENTIDO DA FORÇA.

O Sentido é uma expansão natural dos princípios do Controle. À medida que vocês estendem seu alcance para o ambiente, preparem-se para conquistar uma percepção cósmica mais profunda enquanto a Força Viva se revela para vocês. Alguns vêm praticando esses exercícios há anos, mas, como Padawans, vocês devem vivenciar um momento de ruptura em que tudo se torna tão natural quanto usar seus olhos para ver e seus ouvidos para ouvir.

Detecção de vida é a mais básica das habilidades de Sentido. Ela é conhecida em Alto Galáctico tradicional como *prima vitae*. Através dessa habilidade, vocês podem sentir a presença de coisas vivas e rastrear a posição delas a longa distância. Podem até descobrir que sinais de vida têm sabores únicos, pois colegas e lugares amigáveis emitem um brilho quente e tranquilizador, que pode ser diferenciado de imediato da raiva do inimigo. O vínculo que vocês compartilham com seu Mestre é a mais

Cada indivíduo? Ou suas intenções? -Thame

importante expressão da *prima vitae* e fornece prova conceitual do quão longe suas habilidades podem levá-los. Alguns Padawans podem sentir a presença de seus Mestres a anos-luz de distância.

A Força Viva é o que fornece a ligação entre todas as coisas vivas. Perceber a totalidade desses fios é o objetivo da *tactus otium*, ou **Força de Sentido**. Para praticar ou aperfeiçoar essa habilidade, não foquem em apenas um sinal. Relaxem suas percepções até que tudo a seu redor se torne um borrão. A Força irá se revelar com o tempo, permitindo que vocês vejam o sinal da Força de uma área e revelando se é saudável ou doentia, benéfica ou malévola. Alguns lugares são fortes no lado negro; este sentido servirá de alerta antes que vocês se aproximem de um local assim.

Tenho praticado isso. Existe muita vida, até em Coruscant!
Q-G

A CAVERNA DE DAGOBAH?
-LUKE

[3.39] A Força não é interrompida pela distância. Mestre e Padawan podem sentir um ao outro e, às vezes, se comunicar mesmo quando separados por muitos anos-luz.

Será que o interrogatório de um Jedi capturado também emite um sinal forte? É o que veremos.

EU FUI TORTURADO POR ESSE MONSTRO. ESPERO QUE A GALÁXIA NUNCA VEJA NADA PARECIDO COM ELE OUTRA VEZ.
-LUKE

Praticando Habilidades de Sentido

A **amplificação dos sentidos** é uma aplicação óbvia da Força, mas que muitos Padawans sofrem para aprender. Como a Força frequentemente abastece sua perspectiva singular, pode parecer contraintuitivo usá-la para ampliar sentidos que já usamos no dia a dia. Os Padawans que precisem de ajuda nessa área são aconselhados a praticar audição estimulada pela Força enquanto meditam, com todos os outros sentidos desativados. Programem um remoto de treinamento para se afastar de vocês a um metro por minuto. Após escutar o zumbido silencioso da plataforma por um tempo, vocês se surpreenderão ao descobrir que ela já deixou sua câmara e andou metade do caminho pelo Templo. Através dessa mesma técnica vocês podem aumentar a capacidade de visão além do alcance de macrobinóculos. Se vocês são de uma espécie que depende de odores, paladares, pressão atmosférica ou eletromagnetismo, podem adaptar esse exercício para obter êxito similar.

Ou apenas programe o remoto para escutar atrás da porta! Ele pode fazer holoimagens também. Belo atalho! -Thame

Atalhos no lugar de treinamento farão de você um Jedi mais fraco. Q-G

DESDE QUE A TAREFA SEJA CUMPRIDA, TANTO FAZ. Anakin

3.40 Usar um remoto de treinamento para praticar audição estimulada pela Força é um exercício fundamental para desenvolver a Amplificação de Sentido.

3.41 A POSCOGNIÇÃO PERMITE AO JEDI SENTIR A HISTÓRIA DE UM OBJETO DE FORMA MAIS PROFUNDA QUE QUALQUER OUTRO REGISTRO.

Poscognição, ou *tai vordrax*, é uma das poucas habilidades de Sentido que se baseiam na Força Unificadora. Nesse caso, vocês ainda estão ampliando suas percepções, mas através do próprio fluxo do tempo. A técnica *psicométrica* envolve o manuseio de um objeto a fim de realizar uma leitura da Força de quem o manuseou por último. Ela também pode ser aplicada a uma área como um todo — para saber o que ocorreu em uma sala específica, por exemplo —, mas funciona melhor para eventos recentes ou violentos. Não é a mesma coisa que recuperação de memória ampliada pela Força, porque o Jedi não precisa ter estado presente para praticar a Poscognição. Vocês se baseiam na memória do evento da Força, não na de vocês.

O Padawan Quinlan do mestre Tholme pode fazer isso. Impressionante. -Kenobi

Telepatia projetada combina suas habilidades de Sentido perceptivas com a disciplina mais direta do Alter, permitindo-lhes de fato colocar sua voz dentro da mente de outra pessoa. Mesmo alguns membros do Conselho não são capazes disso; então, não desanimem. É muito mais fácil enviar a um colega Jedi um sentido de "aviso" genérico do que transmitir uma mensagem detalhada incluindo o número de inimigos atacando e as armas que estão usando. Por outro lado, se vocês forem da espécie Hortek, Draethos ou membro de outras espécies telepáticas, orgulhem-se de seu dom natural!

3.42 ATRAVÉS DA FORÇA, O JEDI PODE TRANSMITIR PALAVRAS SEM FALAR.

Equipamento de Campo e Responsabilidade da Missão

Por Morrit Ch'Gally, Recrutador Jedi

Como Padawans, uma das coisas mais difíceis com que se acostumar é a quantidade de viagens a fazer. Coruscant não é mais a casa de vocês. Vocês podem se ver em qualquer planeta da galáxia, lidando com neve, areia, metano ou magma. O único conselho que posso lhes dar é: estejam preparados.

Antes que vocês e seus Mestres partam em qualquer missão, é provável que visitem o intendente. Na sala do intendente, vocês podem receber um suprimento de itens específicos da missão para equipá-los para seja lá qual for a tarefa que lhes foi designada pelo Conselho.

O importante a fazer em uma missão é seguir a liderança de seu Mestre. Vocês são Padawans e ainda estão aprendendo, mas isso não significa que não devam estar prontos. É importante conhecer o seu entorno e seu equipamento. Vocês devem aprender os pontos fortes e fracos do seu conjunto de equipamento-padrão de campo.

A **Máscara de Respiração A88** Aquata está preparada para até duas horas de consumo de oxigênio, mas pode ser facilmente calibrada para diferentes misturas gasosas

Melhor carregar um cinto cheio que correr o risco de estar malpreparado.
-Kenobi

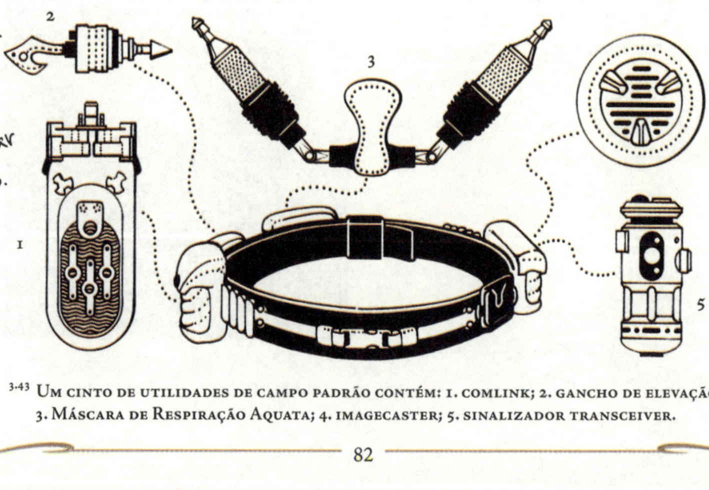

3.43 Um cinto de utilidades de campo padrão contém: 1. comlink; 2. gancho de elevação; 3. Máscara de Respiração Aquata; 4. imagecaster; 5. sinalizador transceiver.

caso vocês pertençam a alguma espécie com necessidades respiratórias específicas. Essas máscaras de respiração são usadas, em geral, sob a água, mas podem, facilmente, salvar a vida de vocês em atmosferas tóxicas ou rarefeitas.

O **sinalizador transceiver Jedi** deve estar sempre com vocês. Trata-se de um aparelho de hiperonda conectado ao Templo por uma frequência particular encriptada. Isso significa que vocês podem se comunicar de forma instantânea com o Templo a uma distância de até 48.000 anos-luz ou com o transceiver de outro Jedi, desde que o sinal passe antes pelo Templo. Em uma emergência, esse aparelho permitirá que vocês recebam notícias da Ordem.

O **gancho de elevação de ar comprimido** vem equipado com um reservatório de líquido. Quando o gancho é disparado, o líquido se solidifica, transformando-se em um cabo extensível com comprimento máximo de 21 metros e testado para suportar até 550 quilogramas.

Acho difícil! Ele quebrou quando evacuamos a Princesa de Quanducial pelas paredes do palácio! -Thame

O **comlink** é um Kultech KP-009. Trata-se de um modelo durável, com garantia de fábrica de alcance de 100 quilômetros para permitir comunicações entre superfície e órbita. Também pode emitir uma barreira de ruído branco para bloquear invasões. Usem para manter contato com seu Mestre caso estejam separados.

Carreguem também um misturador de frequência de contrabandista. Os sinais Jedi são fáceis de ser interceptados por slicers. Q-G

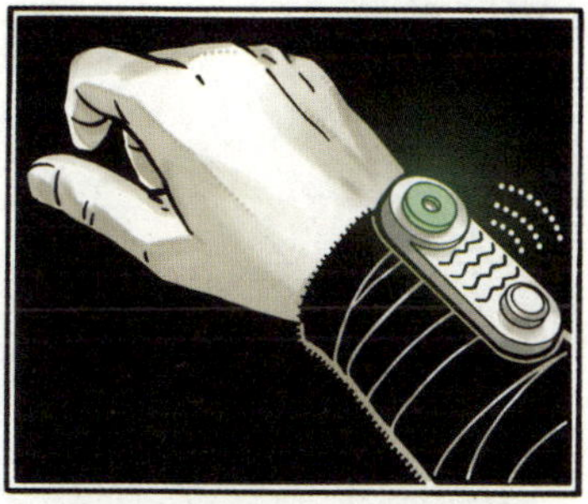

3.44 Um comlink de pulso permite aos Jedi se comunicarem enquanto mantêm livres suas mãos.

O **imagecaster**, um Soronsian Holox da marca Null, projeta holomapas ou outras imagens 3D. Isso inclui comunicação holográfica quando usado em conjunto com seu sinalizador transceiver.

Outros itens, entre os quais cápsulas de nutrientes, bastão de luz e ferramentas de reparo de sabre de luz, são padrões em qualquer kit de campo. Esses itens podem ser encontrados em seu cinto de utilidades.

POR QUE NÃO USAR SEU SABRE DE LUZ? Anakin

USANDO A CÂMARA DE ANÁLISE DO TEMPLO

Trabalhei algumas vezes como Investigador Jedi e ganhei experiência entre pessoas comuns, o que me levou a confrontar uma desagradável verdade — a Força é limitada em suas aplicações. Um Jedi talentoso pode detectar resíduos emocionais de um objeto e até perceber flashes de eventos passados, mas, às vezes, a Força desaponta. Nessas situações, vocês não devem sentir vergonha de passar sua investigação para um dos nossos droides de análise JN-66.

CONCORDO. AO CONTRÁRIO DE ALGUNS JEDI EU NÃO TENHO NENHUMA OBJEÇÃO EM TRABALHAR COM DROIDES.
—DOOKAN

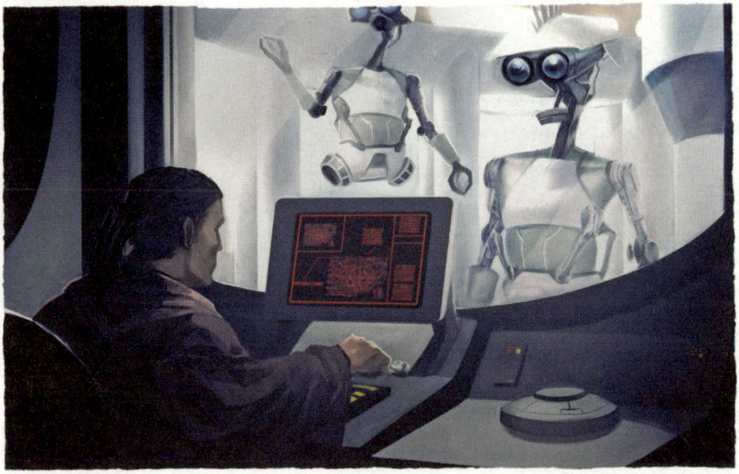

3.45 TELAS DE ENTRADA PERMITEM AO JEDI INTERAGIR COM OS DROIDES NA CÂMARA A VÁCUO.

A Câmara de Análise do Templo fica no nível Alek-5, no Quadrante do Primeiro Conhecimento. Essa instalação é equipada para a análise espectral e molecular completa de artefatos e registros de dados. Não deixem o excesso de confiança no treinamento Jedi impedi-los de usar esse recurso de vez em quando. A câmara conta com algumas unidades Cybot Galactica JN-66 e alguns modelos SP-4 para as tarefas mais básicas. A instalação é, por necessidade, completamente esterilizada. O laboratório é livre de qualquer micro-organismo que possa contaminar os procedimentos e, em muitos casos, é mantido a vácuo. Qualquer coisa que vocês desejem deixar para os droides

Lembre-se de ser específico ou os droides podem queimar um fusível. -Thame

escanearem deve ficar na abertura de recebimento, junto com um resumo do que você espera desvendar, um panorama do objeto e uma explicação de como foi parar em suas mãos.

Recomendo que vocês apenas digam o que desejam que se revele na análise, e *não* quais varreduras específicas são necessárias para determinar a descoberta. O equipamento nessa instalação pode criar uma holoimagem de uma simples ligação atômica; então, muito pouco foge de sua atenção. Qualquer amostra entregue pode ser submetida a — pelo menos — testes térmicos, micro-óticos, eletromagnéticos, químicos, sônicos e de radiação.

Os computadores são ligados aos Arquivos Jedi e ao banco de dados central da Polícia da Cidade Galáctica; logo, qualquer evidência de crime pode encontrar uma correspondência assim que a análise termine. Cabe a nós Jedi reunir os dados, mas os droides são programados para continuar a partir daí.

Imagino quais informações adicionais eles podem ter dos Arquivos Sith.

3.46 UMA PROJEÇÃO HOLOGRÁFICA DA ESTRUTURA CELULAR DE UM OBJETO PODE AJUDAR A IDENTIFICAR CONTAMINANTES EXTERNOS.

CULTURAS E POLÍTICAS AVANÇADAS NA REPÚBLICA

POR BOWSPRITZ, BIÓLOGO JEDI

Uma vez que vocês deixem o Templo em uma missão, a variedade e a complexidade da vida fora de Coruscant se tornam incontornáveis. Por motivos tanto biológicos quanto culturais, muitas espécies desempenham funções especializadas nas relações interestelares. O que se segue é uma lista parcial desses agentes culturais influentes, porém é uma boa ideia mergulhar de cabeça e interagir com eles na primeira oportunidade.

OU FILEIRAS DE CAÇADORES DE RECOMPENSAS! -AHSOKA

3.47 DUROS

- **Duros** estão entre os mais antigos viajantes espaciais da galáxia. Originários do Mundo do Núcleo de Duro, eles, na verdade, raramente são encontrados lá. Em vez disso, dominam as fileiras de pilotos de aluguel e a equipe das movimentadas estações espaciais. Pela minha experiência, um Duros sempre tem uma história para contar, mas ajuda se você pagar uma rodada de Gizer primeiro.

3.48 BITH

- Os **Biths** de Clak'dor VII são matemáticos. Eles também são músicos incríveis, o que para eles é apenas outra maneira de dizer a mesma coisa. Biths percebem notas musicais com a facilidade que outras espécies veem cores; então, não percam a chance de assistir a uma performance ao vivo.

3.49 HERGLIC

- **Herglics** estão no negócio do comércio interestelar há mais de 27.000 anos. O Templo Jedi é uma das muitas entidades em Coruscant que emprega Herglics para contratos de importação e exportação.

- Humanos dominam muito da política aqui em Coruscant, mas os **Corellianos** são uma linhagem humana ímpar e memorável. Corajosos, convencidos e carismáticos, eles se consideram melhores pilotos do que qualquer Duros pode pensar em ser.

SIM, ISSO ME LEMBRA O HAN. WEDGE TAMBÉM. -LUKE

3.50 Sullustano

- Contrate um **Sullustano** quando precisar de um navegador ou um guia. Como a espécie evoluiu dentro dos labirintos vulcânicos de Sullust, é quase impossível que um deles se perca.

- **Hutts**, é claro, controlam o Espaço Hutt — o maior poder político da galáxia além da República, agora que a Guerra Sith terminou. Os Hutts são estrategistas brilhantes que, em geral, pensam cinco passos à frente; então, não os subestime.

3.51 Bothano

- **Bothanos** são os responsáveis pelo Espaço Bothano, um pequeno enclave centrado em Bothawui, na Orla Média. Como o território é politicamente neutro, tornou-se um refúgio para espiões de milhares de facções diferentes.

3.52 Squib

- **Squibs** estão entre os maiores catadores da galáxia. Ainda que tenham a reputação de ladrões, Squibs são astutos juízes de valor e podem consertar máquinas que aparentem estar danificadas sem conserto. Os Squibs já me livraram de algumas enrascadas, embora essas experiências tenham abalado um pouco o meu limite de crédito no Templo.

Eles são ladrões! Não consigo imaginar por que o mestre Qui-Gon acha que não tem problema deixá-los embolsar meu cristal de foco.
-Kenobi

ELES TAMBÉM SÃO CATADORES DE CAMPO DE BATALHA – BOA FONTE DE DADOS EM MOVIMENTOS SEPARATISTAS.
-AHSOKA

ALIENÍGENAS RESISTENTES ÀS HABILIDADES DA FORÇA

Minha especialidade é biologia alienígena e, como Jedi, reconheço que o unificador fundamental de toda a vida é a Força. É fascinante ver como a Força inspira tamanha variedade de mudanças e adaptações, permitindo que espécies cheguem a desenvolver barreiras que redirecionam o fluxo natural da própria Força. Como tais evoluções podem ser encontradas entre seres conscientes, vocês deverão ser capazes de identificar essas espécies à primeira vista se desejarem usar ao máximo suas habilidades Jedi.

3.53 Hutt

Hutts É provável que vocês e seus Mestres passem por bandidos Hutts muito antes de encontrar um Hutt de fato, mas não usem truques mentais se forem levados até o chefe deles! Hutts são conhecidos pela dificuldade em serem influenciados ou lidos através da Força. Sua esquiva tem sido um problema para os Jedi desde que nossos antepassados deixaram Tython.

E eu pensei que fosse só o Jabba! -Luke

3.54 Toydariano

Toydarianos Esses seres fascinantes têm gases mais leves que o ar em sua barriga que os permite voar na gravidade padrão ou menor que a padrão. Mas lembrem-se de que Toydarianos são resistentes a truques mentais, ilusões e sugestão telepática. Eles sabem bem desse fato e se gabam de ser capazes de enrolar um Jedi com facilidade. Não pechinchem com um vendedor Toydariano!

Devo mandar Pestage encontrar alguém para ajudar os meus Caçadores de Jedi.

[3.55] DASHADE

Dashade Essa espécie quase foi extinta após a destruição da supernova em seu mundo natal, mas restaram alguns sobreviventes, entre eles Snar Extruct, que trabalha com a Mestre Vaunk, como parceiro de treinamento dela. Os Dashade são resistentes a todas as aplicações diretas da Força, incluindo atração e afastamento telecinético, e não podem ser sentidos por um Jedi, mesmo quando estão a um braço de distância. É uma tragédia que os Sith tenham recrutado tantos assassinos Dashade durante a última guerra e reduzido ainda mais seu número.

[3.56] YINCHORRI

Yinchorri Esses reptilianos são imunes à manipulação mental, e seu equilíbrio interior não pode ser afetado por técnicas avançadas da Força. Seus guerreiros também usam armadura de cortosis; então, não comecem uma briga.

Eles ainda estão causando problema.
E eles mataram o Mestre Giiett.
-Kenobi

AGORA, ALGUNS SE JUNTARAM
A CARTÉIS DO CRIME. ELES SÃO DIFÍCEIS.
-Anakin

[3.57] B'RKNAA

B'rknaa Como a maioria das criaturas feitas de rocha, essa espécie da lua Indobok pode ser particularmente inescrutável, já que sua estrutura microscópica é muito diferente das células orgânicas contendo midi-chlorians. Todos os B'rknaa compartilham uma mente comunal e são resistentes a qualquer aplicação direta da Força.

ELES TAMBÉM
SE JUNTARAM
A GRUPOS
PIRATAS — NÓS
PODEMOS PEGÁ-LOS!
-AHSOKA

[3.58] SHI'IDO

Shi'ido e **Polydroxol** Ambas as espécies são transmorfas. Não os subestimem. Devido à sua estrutura fluida, obter um entendimento claro de um transmorfo na Força pode ser como tentar segurar uma enguia escorregadia. Os Shi'ido e os Polydroxol de metal líquido estão entre as espécies mais enigmáticas que já encontrei em minha pesquisa.

Animais Manejadores da Força

Por que animais *não deveriam* usar a Força? Esse foi meu pensamento na primeira vez que ouvi sobre o fenômeno quando era um Iniciado, antes de começar a seguir o caminho que, por fim, me deu a honraria de mestre das bestas. Desde então, tenho visto muitas evidências de que a Força pode ser uma vantagem evolutiva, como colunas ou chifres.

3.59 Vornskr

No centro de qualquer discussão do gênero estão os vornskrs e os ysalamiri, entre os animais já classificados. Suas habilidades levaram o Conselho a colocar todo o sistema em quarentena. Os **Vornskrs** são predadores quadrúpedes capazes de sentir a Força e de usar esse sentido para mirar suas presas. Então, como os Jedi são robustos na Força, eles parecem ser a maior e mais saborosa refeição que um vornskr já encontrou. Cuidado com os inimigos que usam essa habilidade para caçar Jedi.

Embora os vornskrs sejam "detectores de Jedi" orgânicos, suas habilidades da Força são insignificantes se comparadas às dos **ysalamiri** — lagartos arbóreos que criam bolhas ou vazios na Força para esconder sua energia de predadores como os vornskrs. Agrupados em número suficiente, os ysalamiri podem criar um vazio grande o bastante para impedir um exército de Jedi de usar a Força.

3.60 Ysalamiri

SE OS JEDI TIVESSEM SIDO MENOS SIGILOSOS SOBRE MYRKR, EU NÃO TERIA FICADO TÃO SURPRESO COM O QUE ENCONTREI LÁ. -LUKE

Perigosos na mesma medida são os **taozin**, anelídeos do tamanho de um aerotrem encontrados na lua de Va'art. Os nódulos na carapaça de um taozin interferem nas habilidades de Sentido de um Jedi, fazendo o taozin parecer invisível à Força. Isso também se aplica àqueles que carregam seus nódulos.

3.61 Taozin

3.62 Nighthunter

Também entre os predadores mais perigosos que usam a Força estão os **nighthunters**, que têm mais em comum com os taozin que com os vornskrs. Eles podem manipular a Força para criar uma capa de sombras em torno de si. Como os nighthunters às vezes são usados como bestas de guarda, é bom que você aprenda a reconhecer sua silhueta.

Outros animais sensíveis à Força são mais benignos. Os **Beck-tori** são parasitas aquáticos de Nam Priax, mas eles podem ser encontrados em vários mundos de oceanos temperados. Essas criaturas usam a Força para ampliar seu sentido de localizar a presa. Eles também são conhecidos por usar a Força para ajudar a curar as próprias feridas.

3.63 Beck-tori

Ouvi dizer que, além disso, o couro deles é resistente ao sabre de luz.
-Kenobi

3.64 Cão Akk

Os **Cães Akk** costumam ser vistos como animais de estimação ou de companhia de Jedi. A primeira vez que encontrei esses animais foi no posto avançado do ExplorCorp no Ord Canfre, mas não pensei que houvesse qualquer coisa fora do comum sobre os laços que construíam com seus treinadores. Logo descobri, no entanto, que cães akk formarão um vínculo pela Força com qualquer dono — Jedi ou não — através de uma ligação empática acentuada por um nível rudimentar de telepatia.

As **Jakobestas** são meu exemplo favorito de adaptação da Força. Esses animais árticos que vivem em bando podem usar os chifres para gerar um afastamento telecinético. Uma manada com muitos deles pode criar força suficiente para derrubar florestas.

Essa é a verdad capotou nosso deslizado também! -Thame

Esses animais são apenas algumas das criaturas conhecidas com a habilidade para usar a Força. Quando vocês viajarem para fora do Templo, mantenham a mente e os olhos abertos e nunca subestimem as criaturas companheiras da Força.

3.65 Jakobesta

Estudando a Bordo de Naves Praxeum

Uma tremenda oportunidade para alguém expandir o conhecimento sobre a Força Viva.
Q-G

Por Crix Sunburris, Ás Jedi

O Corpo de Exploração é a divisão do Corpo de Serviço Jedi que eu mais respeito porque nunca para de expandir as fronteiras. O ExplorCorp busca meu conselho sempre que possível, e uma prática que eu continuo defendendo é o uso de naves praxeum.

Essas naves interestelares são operadas e tripuladas por membros do ExplorCorp, mas servem de hospedagem para Iniciados, Padawans, Cavaleiros e até Mestres Jedi respeitados como eu. O tamanho delas varia: pode ser o de um cargueiro até o de Colonizadores Corellianos personalizados de mais de trezentos metros de comprimento.

Essas naves Corellianas são o orgulho do ExplorCorp. Existem três em serviço — a *Beneficia*, a *Luminosity* e a *Silikan Stillness*. Em certo momento, a Ordem chegou a operar até trinta, mas a maioria não sobreviveu à recente guerra contra os Sith. Essas três naves patrulham com regularidade o Núcleo, a Orla e as margens do Espaço Selvagem.

Se vocês forem chamados a bordo de uma nave praxeum, considerem-se sortudos! Como um Padawan, eu teria feito de tudo para compartilhar meu conhecimento com os Jedi trabalhando nos lugares problemáticos da galáxia. A maior parte do tempo a bordo desses navios será gasta em treinamento, inclusive de sabre de luz, e estudo de idiomas e culturas. Cada nave pode acomodar mais de mil Jedi e tem instalações como câmaras de meditação, bibliotecas, ginásios, holomapas de campos estelares e alas médicas.

"BARCAÇA DOS LIVROS" É COMO OS PADAWANS COSTUMAVAM CHAMÁ-LAS.
-AHSOKA

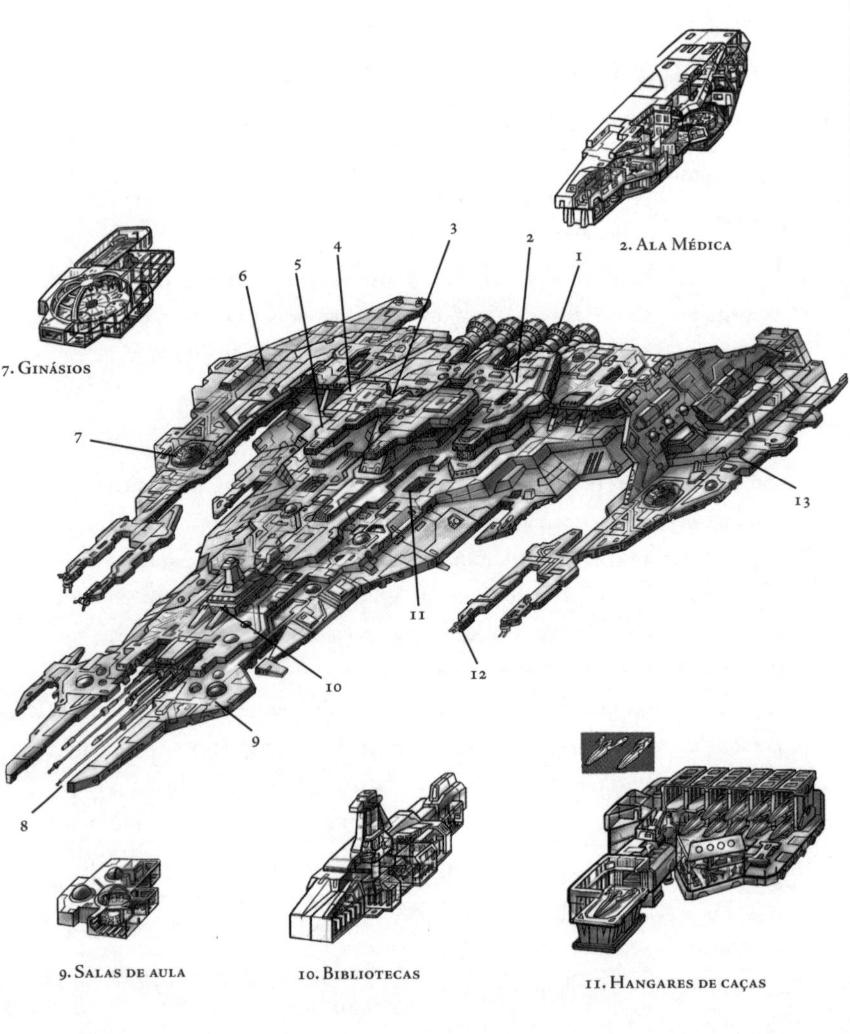

3.66 Nave Colonizadora Corelliana:

1. Motores Principais
2. Ala Médica
3. Ponte
4. Navegação
5. Holomapa de Campos Estelares
6. Alas de Meditação
7. Ginásios
8. Cluster de Sensores e Comunicação
9. Salas de aula
10. Bibliotecas
11. Hangares de caças
12. Canhões
13. Ala de Treinamento

A qualquer momento uma nave praxeum Jedi pode ser chamada para prestar ajuda em um desastre planetário ou para intervir em uma guerra civil. Em consequência, as naves possuem canhões de laser e de íons (instalados durante a guerra) e têm hangares para caças estelares leves.

Com a derrota dos Sith, agora mais recursos podem ser alocados em projetos como as naves praxeum. Uma sugestão que estou propondo é a construção de uma praxeum dos tempos de paz no Estaleiro Abhean. Ela se chamará *Sunburris* e terá dois quilômetros de comprimento e um de largura. Será uma vista a se admirar.

Forma essa nave tomou muitos anos depois como Chu'unthor. Ainda perdida para as bruxas ela está.
—Yoda

DECIDI NÃO LEVANTAR CHU'UNTHOR DE SEU LOCAL DE COLISÃO. ELA PERMANECERÁ COMO UM MEMORIAL.
—LUKE

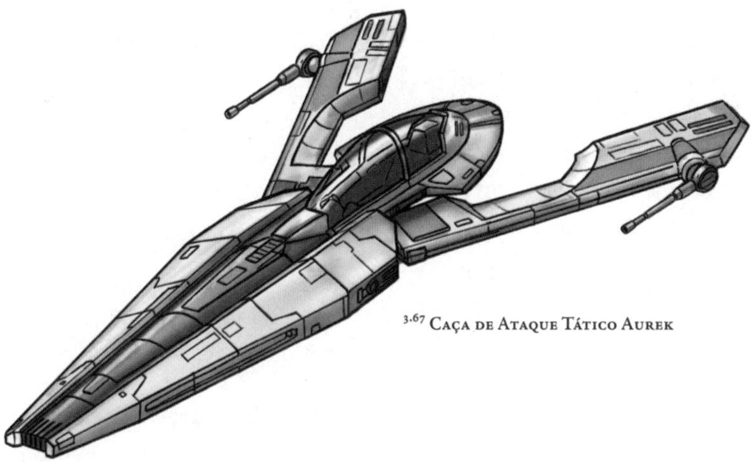

3.67 Caça de Ataque Tático Aurek

Os Testes Jedi

Por Restelly Quist, Bibliotecária-Chefe

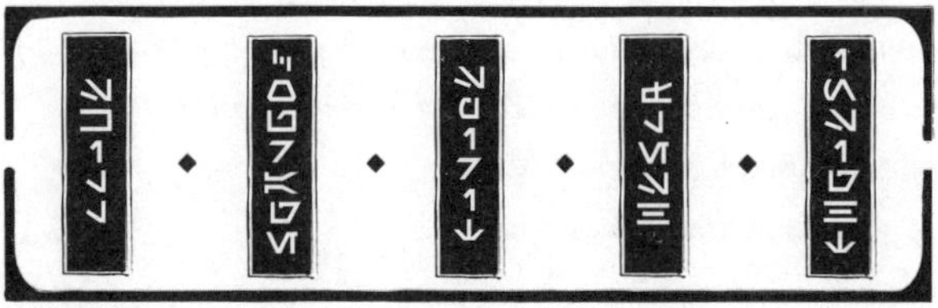

O aprendizado de vocês é temporário. Em algum momento, vocês terão aprendido tudo que podem de seu Mestre, e o estudo um a um não beneficiará mais nenhum de vocês. Quando esse dia chegar, vocês deverão estar preparados para os testes Jedi.

MESTRE OBI-WAN NÃO PRECISOU PASSAR POR TESTES FORMAIS, ENTÃO, NÃO VEJO POR QUE EU DEVERIA.
Anakin

Os testes para Cavaleiro remontam ao nascimento da Ordem em Tython, durante a era pré-República. Por milhares de anos, eles não tinham estrutura fixa. Em vez disso, concentraram-se na avaliação individual dos Mestres acerca da adequação de seus alunos. Apesar de o Conselho encorajar o estabelecimento de fortes laços entre Mestre e Padawan, as falhas nesse arranjo eram claras: os Mestres poderiam desenvolver uma opinião inflada a respeito de seus alunos em razão das experiências compartilhadas ou, ao contrário, tornar-se os maiores críticos de seus alunos em um esforço para melhorá-los.

DESDE QUE A GUERRA COMEÇOU, É COMO SE TODOS TIVESSEM SE ESQUECIDO DOS TESTES TRADICIONAIS.
-AHSOKA

O julgamento neutro e sem paixão e os objetivos padrão fornecem pontos de referência mais palpáveis para julgar a habilidade de um Padawan. A bateria atual de testes Jedi — instaurada após o relaxamento dos padrões da última guerra — consiste em cinco desafios:

- **Teste de Habilidade** Mostra a competência do Jedi com um sabre de luz e os princípios de Controle da Força.
- **Teste de Coragem** Estabelece a habilidade e a fortaleza de um Jedi diante do perigo ou de uma desvantagem esmagadora.
- **Teste de Espírito** Avalia a habilidade de um Jedi vencer batalhas interiores e emergir incólume.

- **Teste da Carne** Determina a capacidade de um Jedi resistir à dor intensa.
- **Teste de Discernimento** Revela a aptidão de um Jedi discernir a realidade da ilusão através de desafios que enganam.

Parece omplicado! —Thame

O teste ocorrerá na Câmara de Testes Jedi, a não ser que o Conselho prefira outro arranjo.

TESTE DE HABILIDADE

Não se enganem pensando que o Teste de Habilidade é um desafio físico. A Mestre Vaunk e os membros do Conselho julgarão a performance de vocês com base em uma série de testes com sabre de luz, mas, na verdade, esse Teste depende da habilidade do Jedi de manter a autodisciplina diante da distração.

O combate com sabre de luz está incluso no Teste de Habilidade por uma questão de conveniência moderna, já que todo Jedi deve demonstrar habilidade ao manejar uma lâmina. Além disso, o combate com sabre de luz surge da disciplina do Controle. No início da história da Ordem, o Teste de Habilidade

3.68 O TESTE DE HABILIDADE NÃO É UM TESTE DE ATLETISMO, MAS DE CONTROLE.

Difícil ele é, para aqueles que carecem do foco. —Yoda

tinha muitas formas, as quais incluíam acrobacias ao se equilibrar na ponta de um bastão de madeira e manter uma única pedra pequena suspensa enquanto se estaca no turbilhão de uma tempestade uivante de granizo de Thyton.

Não se preocupem em antecipar que tipo de desafio de sabre de luz vocês encontrarão durante o Teste de Habilidade ou que oponente irão encarar. Os boatos populares

3.69 Através de holoprojetores tangíveis, Padawans podem testar suas habilidades contra um Lorde Sith.

entre Padawans são de que vocês devem sobreviver ao Mestre de Batalha Jedi em uma sessão que pode se estender por horas. Isso *pode* ser verdade, já que dor e fadiga fornecem o tipo exato de desafio ao foco de um Jedi que o Teste de Habilidade deve avaliar. Além disso, vocês podem encarar múltiplos oponentes de uma vez; uma sucessão de oponentes novos enquanto vocês se exaurem cada vez mais; um duelo com um Jedi enquanto outro manipula suas percepções ou move o piso sob seus pés; ou, talvez, mesmo um duelo com um membro do Conselho, incluindo nosso venerável Grande Mestre — um privilégio raro, na verdade.

Não é justo! Foi por isso que Rouggle fracassou em seu teste. -Thame

Tais desafios não foram criados para ser injustos. Todos são projetados para simular desafios que vocês possam encontrar um dia a serviço da Ordem e da República como um Cavaleiro Jedi.

O mais recente recurso na Câmara de Testes Jedi é um projetor holográfico, introduzido após a vitória em Ruusan e capaz de criar inimigos a partir do ar. Com essa ferramenta, vocês poderão encarar Darth Ruin, Lorde Kaan ou qualquer um dos piores monstros que já emergiram do lado negro.

EM RAZÃO DO ACIDENTE DE JACEN E TENEL KA, TALVEZ EU TENHA LEVADO MEUS ALUNOS A DEMONSTRAR SUAS HABILIDADES COM O SABRE DE LUZ CEDO DEMAIS. -LUKE

Teste de Coragem

Mesmo que seus talentos se pautem mais na diplomacia que na guerra, a coragem é parte intrínseca de ser um Jedi. Ainda que a Força esteja conosco, somos pequenos em número quando comparados às pessoas da galáxia. Temos inimigos e devemos sempre enfrentar aqueles que não entendem a nossa Ordem e, por isso, interpretam nossas motivações de forma errada. Como Jedi, nunca podemos relaxar nossa disciplina — tampouco podemos fracassar ao confrontar o mal. Um Jedi com medo de confrontar injustiças não é de forma alguma um Jedi, o que faz do Teste da Coragem uma avaliação reveladora.

Não posso lhes dizer o que os aguarda no Teste de Coragem. Seu objetivo é fazer um Padawan persistir em face do medo. Se vocês souberem no que consiste o teste, a verdadeira medida da sua coragem não será avaliada.

MESTRE OBI-WAN PASSOU NESTE TESTE AO MATAR O SITH EM NABOO. EU MATAREI O SEGUNDO SITH.
Anakin

Em eras passadas, um Padawan era aprovado no Teste de Coragem se demonstrasse heroísmo no campo de batalha, como enfrentar um poderoso Lorde Sith. Aprovações similares foram concedidas pelo Conselho durante a última guerra.

E assim você fez, meu previsível e manipulado aprendiz.

3.70 O Teste de Coragem mede a disposição de um Padawan para lutar contra o mal apesar do medo que ele possa causar.

Mas nessas situações era muito difícil distinguir coragem de imprudência. Excesso de autoconfiança é um defeito, e apressar-se sem preparo pode, com frequência, piorar as coisas. A coragem deve estar alinhada com o quarto preceito do Código Jedi: *Não há caos, há harmonia.*

A guerra acabou, mas o Conselho ainda pode designar missões especiais a Padawans que desejem passar pelo Teste de Coragem. A missão pode ser uma mera criação do Conselho para testar suas reações dentro da Câmara de Testes Jedi ou pode ter risco de morte. Não importa a natureza de seu desafio, o importante é que vocês não contem detalhes da sua experiência para colegas Padawans. Todos devem vivenciar esse Teste sem contaminação.

TESTE DA CARNE

Para muitos Padawans, o Teste da Carne é o mais difícil dos testes para Cavaleiro. Essa experiência difícil avaliará a habilidade de vocês para resistir à dor intensa, e poderá ser bastante literal.

Como historiadora, estudei o Teste da Carne em suas aparições através dos milênios. Durante a era Pius Dea, a Ordem Jedi sujeitava os Padawans às tormentas do frio, cortes, choques sônicos e aplicação da técnica do tiro de blaster contínuo de baixa energia que os contrabandistas chamam de "a Queimadura". Agora condenada como barbarismo, essa prática é mais bem-compreendida como produto de seu tempo. Ela, no entanto, cristalizou o princípio mais fundamental do Teste da Carne: a separação entre corpo e espírito.

Eles reinstauraram isso durante a Revolução Arkaniana. Foi assim que Squire Kinning ganhou seu braço ciborgue.
-Kenobi

Durante a mais recente guerra contra os Sith, o Conselho viu a batalha como expressão viva do Teste da Carne. Todos os Padawans que sobreviveram aos ferimentos de guerra passaram por esse Teste com a comprovação por meio de suas cicatrizes. Padawans que derrotaram Lordes Sith algumas vezes passaram nos Testes da Carne, de Habilidade e de Coragem ao mesmo tempo. Longe de serem uma questão de conveniência política, esses testes de campo de batalha têm precedente antigo na Ordem Jedi. Padawans que perderam um membro com *cho mok* ou outra Marca de Contato entregaram sua carne para demonstrar seu comprometimento com a Ordem Jedi.

EU QUERO SER UMA CAVALEIRA, MAS NÃO DESSA MANEIRA.
-AHSOKA

Agora, os tempos são outros e nós não esperamos que Padawans provem seu valor através de ferimentos. O Teste da Carne, na verdade, é mais que agonia física. A dor da perda é parte da passagem de Padawan para Cavaleiro, já que vocês estão abrindo mão do vínculo mais forte que já conheceram.

QUI-GON TERIA SIDO O MEU MESTRE. EU JÁ O PERDI — E AINDA ME SINTO TERRÍVEL.
Anakin

3.71 A DOR FÍSICA É UM DOS TIPOS DE AVALIAÇÃO QUE O PADAWAN PODE ENCARAR NO TESTE DA CARNE.

3.72 A dor emocional é outro tipo de teste que pode ser encarado no Teste da Carne.

Como a parceria com o Mestre é formalmente dissolvida, vocês podem se sentir oprimidos pela tristeza ou pelo arrependimento. Isso é parte do Teste da Carne. Pensem bem no primeiro preceito do Código Jedi: *Não há emoção, há paz.*

EMOÇÕES NÃO PRECISAM SER BANIDAS, APENAS CONTROLADAS. EU FIZ ISSO.
Anakin

Teste de Espírito

Quem não conhece pode pensar que os Jedi existem para uma cruzada contra seus inimigos — que somos apenas um mero contrabalanço à ameaça Sith. Apenas entre nossas fileiras é que reconhecemos que ser um Jedi se trata de um comprometimento com uma espiritualidade mais elevada. Esse desafio é representado pelo Teste de Espírito, conhecido por alguns como Encarando o Espelho.

NÃO TÃO BEM QUANTO PENSA!
-AHSOKA

Os Jedi possuem grande poder, e aqueles que caíram para o lado negro libertaram seu poder em ondas de sofrimento. O Teste de Espírito mede suas tentações e se vocês são capazes de deixá-las de lado a serviço de uma causa maior. Ainda que isso seja uma batalha tanto quanto o Teste de Habilidade, durante esse desafio vocês não podem flexionar um único músculo. A batalha está na sua mente, e a vitória é marcada por um profundo sentimento de paz.

YODA ME AVISOU ANTES DE ENTRAR NA CAVERNA EM DAGOBAH, MAS EU PENSEI QUE PODERIA LIDAR COM QUALQUER COISA.
-LUKE

É impossível descrever o Teste de Espírito. Não conheço os medos enraizados no coração de vocês. Nem mesmo a Grande Mestre Fae teria a presunção de ditar seus desafios. O Teste de Espírito deve ser conduzido sob meditação profunda, por um Mestre que os empurrará para o caminho que menos desejam seguir.

Sob meditação, vocês podem sentir que foram levados para fora de Coruscant. Vocês podem ver os rostos de seus colegas que há muito passaram para a Força. Vocês verão, sem dúvida, coisas que os perturbarão, desde inimigos que encararam a horríveis cacodemônios da horripilante mitologia do Núcleo.

Lembrem-se do terceiro preceito do Código Jedi: *Não há paixão, há serenidade.* Sejam fiéis à disciplina do autocontrole e tenham em mente que vocês são agentes da Força. Uma vez que aceitem que mágoa, vergonha, vingança e todas as outras emoções que centram no corpo não se prendem a vocês, emergirão vitoriosos. Se não o fizerem, emergirão violados e aos gritos. Torçam para não falhar no Teste de Espírito.

Teste de Discernimento

Um Jedi pode ser enganado? Claro, mas apenas se ignorarmos a vontade da Força ou a informação em nossos Arquivos. Um Jedi que é enganado não está mais trabalhando para a causa do lado luminoso. Em casos extremos, um Jedi operando sob uma desilusão pode se tornar perigoso para inocentes.

Discernimento!? Nós Sith crescemos bem debaixo do nariz deles.

O Teste de Discernimento protege contra essa ameaça. Essa foi a última avaliação a ser formalizada como parte dos Testes para Cavaleiro e se tornou proeminente após ficar claro que os Testes estavam criando

3.73 Durante o Teste de Espírito, o Jedi deve encarar mentalmente seus medos mais profundos.

Jedi destemidos, competentes e capazes de suportar as tentações — mas incapazes de perceber a lábia de um mero charlatão.

Brandos nós temos sido, em fazer cumprir esse teste. Não em seus olhos, Padawans devem aprender a confiar. —Yoda

Fraude e má orientação são ameaças aos Jedi, e nossos inimigos, com frequência, as usam contra nós. Os Hutts já foram a ruína de incontáveis campanhas Jedi ao longo da história, não em função da proeza marcial deles, mas de suas trapaças. O Teste de Discernimento avalia a habilidade de um Padawan de perceber a ilusão e julgar a pessoa por trás dela, e de filtrar as distrações na busca da verdade.

No decorrer dos séculos, muitos desafios foram empregados para avaliar essa habilidade no Teste de Discernimento. Aí se incluem a localização de um único grão de

3.74 A FIM DE GANHAR DISCERNIMENTO, OS JEDI DEVEM SER CAPAZES DE ENCONTRAR A VERDADE EM MEIO À FRAUDE E À TRAPAÇA.

areia em um campo pedregoso, a determinação do conteúdo e de significado de um fragmento de texto a partir de pedaços dispersos e a resolução de qualquer um dos Grandes Enigmas de Dwartii — e não, pesquisar os enigmas de antemão nos Arquivos não é permitido.

Eu tinha razão — complicado! —Thame

O Teste de Discernimento pode ocorrer em um momento em que vocês não estão preparados para isso e pode, na verdade, ser parte de um desafio não relacionado. Recordo-me de três Padawans se submeterem a ele após as oito horas do Teste de Habilidade. Através de um truque de percepção, todos foram levados a acreditar que tinham encarado uma horda de guerreiros furiosos. Uma seguiu adiante na batalha em face da derrota certa e foi aprovada no Teste de Coragem. O segundo percebeu a natureza ilusória dos combatentes e passou em seu Teste de Discernimento. O terceiro desistiu do teste, alegando exaustão, e fracassou ao tentar se tornar Cavaleiro.

3.75 O DISCERNIMENTO TAMBÉM PODE SER ADQUIRIDO AO VER ALÉM DO QUE ESTÁ FISICAMENTE DIANTE DE VOCÊ, O QUE É REAL.

Exceções aos Testes Jedi

O propósito dos Testes para Cavaleiro, das reformulações pós-Ruusan e desta exata publicação que vocês seguram em suas mãos é formalizar o que já foi um dia o desordenado processo de reconhecer o progresso de um Jedi na Força. Por causa das tensões causadas pela guerra, pela praga e pelo colapso econômico que a República resistiu ao longo dos últimos séculos, os padrões Jedi se tornaram cada vez mais negligentes. As promoções de campo de batalha não são mais regra, e não é mais permitido aos Cavaleiros e Mestres dar a palavra final sobre seus Padawans estarem ou não prontos para se graduar em seu aprendizado.

PARECE QUE ISSO MUDOU OUTRA VEZ DURANTE A GUERRA ATUAL.
-AHSOKA

3.76 Um Padawan deve provar que tem razão diante do Conselho para ser considerado isento de qualquer um dos testes.

Ainda que eu não aprove, há casos em que um Padawan pode se tornar Cavaleiro sem realizar alguns ou nenhum teste. A estrutura atual com cinco testes Jedi é projetada para produzir Cavaleiros nos quais o Conselho tenha confiança absoluta. Assim, o Conselho pode, à sua vontade, promover qualquer Jedi por qualquer motivo ou recusar qualquer promoção se o seu julgamento justificar isso. Nenhum Padawam deve fazer lobby por tratamento especial. Vocês não sabem mais do que o Conselho. Não pode haver qualquer apelo ou disputa.

Circunstâncias incomuns sob as quais um Padawan pode ter isenção em um ou mais dos testes formais incluem:

- **Teste de Habilidade** Padawans que superaram um mestre de batalha durante o treinamento ou que demonstraram maestria de olhos fechados no exercício de sabre das Cadências de Faalo podem ser considerados avançados o suficiente nessa área para que um teste padrão seja redundante.
- **Teste de Coragem** Uma variedade de dispensas especiais pode ser dada desse teste, incluindo Padawans que tiveram sucesso em uma missão difícil ou que salvaram a vida de seus Mestres.
- **Teste de Espírito** Padawans que demonstraram ter dominado seu próprio lado negro podem ser considerados aprovados nesse teste. (Durante a guerra, isso se aplicou a seguidores do exército Sith que se voltaram para a luz.)
- **Teste da Carne** Dor e perda significativas são consideradas demonstrações valiosas, como se vê em Iniciados que foram recrutados mais velhos ou que vivenciaram a dor da perda e silenciaram seus sentimentos pela família de nascença.
- **Teste de Discernimento** Se um Padawan demonstrou sabedoria além dos anos de treinamento, isso pode contar como uma aprovação — em especial se ele vislumbrou uma solução que evitou a violência.

Desenfreados durante a Guerra dos Clones.
Os Jedi com muita confiança são mortos com facilidade.

Eu ajudei um informante a fazer as pazes com colicoides em troca de comida. Será que isso conta?
–Thame

POR MAIS QUE EU ODEIE CONCORDAR COM PALPATINE EM QUALQUER COISA, EU QUASE PERDI A VIDA NA CIDADE DAS NUVENS POR CAUSA DO EXCESSO DE CONFIANÇA. PERDI UM ALUNO TAMBÉM.
–LUKE

Toda não me nomeou; então, eu não nomeei meus próprios alunos. Vou trabalhar para formalizar isso.
-Luke

A Cerimônia de Nomeação

Por Grande Mestre Fae Coven

Se vocês passaram pelos testes, saberão na mesma hora — não faz muito sentido manter Padawans no escuro a respeito de seu status. No entanto, vocês não assumirão o título de Cavaleiros até que a Cerimônia de Nomeação se complete. Uma etiqueta específica deve ser seguida durante esse que é o mais antigo dos rituais. Preparem-se e não envergonhem seu Mestre ao se esquecerem de seu papel.

3.77 Dentro do Pináculo da Tranquilidade, Padawans devem refletir sobre o caminho que seguiram para chegar a esse ponto.

Um dia antes da data marcada, reportem-se ao coração do Templo. Aqui, na câmara de preparação, no centro do sagrado Pináculo da Tranquilidade, vocês passarão o dia e a noite em meditação. Vocês poderão estar sozinhos ou poderá haver outros Padawans dividindo o espaço. Não usem esse tempo para socialização, mas, em lugar disso, reflitam sobre a jornada de vocês como Jedi e preparem-se para o que a Força lhes reserva no futuro.

Tocados os Padawans devem estar durante esse passo, seu futuro devem perceber.
—Yoda

No dia seguinte, vocês serão convocados ao Salão dos Cavaleiros — é mais provável que sozinhos, mas é possível que com um ou mais colegas, a se tornarem Cavaleiros. Os membros do Alto Conselho estarão presentes, assim como seu Mestre e outros Jedi que desempenharam papel fundamental no seu desenvolvimento. Se os membros do

Alto Conselho estiverem fora do planeta ou inacessíveis, membros dos Conselhos de Redesignação, Reconciliação ou Primeiro Conhecimento podem participar conforme o que for adequado.

UMA CERIMÔNIA HONRÁVEL E SOLENE, MESMO PARA AQUELES NASCIDOS PARA A NOBREZA. —DOOKAN

Todos os membros do Conselho acenderão seus sabres de luz para iluminar a câmara escurecida. À medida que o Grande Mestre ou Jedi superior se aproximar de vocês, ajoelhem-se para ouvir as palavras proferidas em seus nomes. Abaixem a cabeça quando o Mestre recitar a seguinte passagem:

Pelo direito do Conselho, pela vontade da Força, eu o nomeio Cavaleiro da República.

SERÁ QUE ELES CORTARÃO AS MINHAS TRANÇAS? —AHSOKA

O Mestre abaixará a lâmina em direção aos seus ombros e a erguerá em um movimento rápido para cortar suas tranças de Padawans. Se vocês não são de uma espécie que deixa crescer tranças, a lâmina será levada aos seus dois ombros (ou lados do corpo) e erguida em uma saudação distinta.

Agora, vocês são Cavaleiros Jedi.

3.78 Com sua lâmina, um ou uma Grande Mestre confere o título de Cavaleiro a um Padawan.

Se Vocês Fracassarem nos Testes

O fracasso em qualquer um dos testes é o mesmo que o fracasso em todos eles. Mas mesmo o sucesso em todos os testes não garante a promoção a Cavaleiro Jedi. O Conselho é a autoridade final em todos os assuntos relativos à Ordem, inclusive a classificação de seus membros.

Arrogância típica.

3.79 O Conselho de Redesignação pode orientar o Padawan fracassado com necessidade de direção.

Há muitos casos em que o Jedi que passou nos testes foi rejeitado quando o Conselho não sentiu a ação da Força em seu futuro. Em outros casos, o Conselho promoveu aqueles com pouca aptidão nos testes sob a convicção de que a Força ainda tinha muito trabalho a fazer no futuro de suas vidas como Cavaleiros Jedi. Tudo isso é para dizer: não fiquem confiantes demais. Vocês não podem desejar sua nomeação como Cavaleiros por meio de palavras ou documentos. Aceitar a sua subserviência ao Conselho é um ato de humildade fundamental à nossa existência como servidores públicos.

Se fracassarem nos testes — e se o Conselho não proibi-los —, vocês poderão tentar outra vez. Sem dúvida alguma, vocês desejarão gastar esse período intermediário em estudo e treinamento. Se o Mestre de vocês permitir, poderão até retornar para o aprendizado básico de Padawan. No entanto, esse é um acordo temporário, e vocês deverão escolher uma data para a segunda rodada de testes.

Não há nada em lugar algum das regulamentações Jedi que limite o número de vezes que vocês poderão realizar os testes, mas essas decisões são tomadas segundo a vontade do Conselho. Fracassos repetidos não serão tolerados e evidenciam que vocês estão desafiando os desígnios da Força para seu destino. Aceitem que vocês não se tornarão Cavaleiros e meditem a respeito do que a Força está dizendo. Aconselha-se passar algumas semanas sem comida ou descanso durante esse período de meditação para que vocês libertem o corpo e a mente de distrações.

Vocês sempre poderão continuar seu tempo na Ordem no Corpo de Serviço Jedi ou nas fileiras da equipe do Templo. Poderão também conservar o status de Padawans se assim desejarem, ainda que não sejam mais aprendizes formais. E poderão desejar receber a simples classificação de "Jedi".

Half-Moonsing fez isso! Ele é o cuidador da frota de speeders.
-Thame

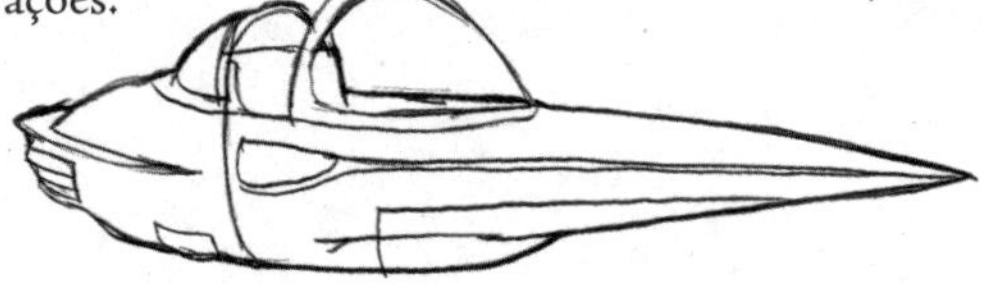

PERMITIR QUE FRACASSADOS PERMANEÇAM NO TEMPLO É UMA EXPRESSÃO DE PENA, NADA MAIS.
—DOOKAN

Half-Moonsing é um Jedi de grande discernimento, não importa sua colocação.
Q-G

Não sei quem é Half-Moonsing, mas não pretendo arrumar confusão com ninguém na frota de speeders.
-Kenobi

CHAPTER 4

[illegible]

PARTE IV
CAVALEIRO JEDI

Funções e Obrigações de um Cavaleiro Jedi

Por Grande Mestre Fae Coven

Logo após a graduação como Cavaleiros, vocês serão membros integrais da Ordem aos olhos de todos. Como Cavaleiros Jedi, vocês viajarão a galáxia e ajudarão aqueles que encontrarem. Não estarão mais vinculados a um Mestre e poderão, assim, escolher a própria abordagem para resolver dilemas que se apresentem diante de vocês.

4.1 Um Cavaleiro Jedi é sempre bem-vindo em Coruscant, mas ele é um cidadão da galáxia.

Vocês ainda estarão sujeitos às demandas do Conselho, é claro. O Conselho, ou um dos procuradores em nossas academias-satélite, determinará as missões que vocês deverão executar. Como Cavaleiros Jedi, vocês são os braços e as pernas da Ordem, e o Conselho

4.2 MUITAS ESPÉCIES PROCURAM PELOS JEDI PARA OBTER UM JULGAMENTO IMPARCIAL.

requer que estejam em forma e preparados para o momento em que serão solicitados para acabar com ameaças aos cidadãos da galáxia.

Na Ordem, há mais Cavaleiros que qualquer outra classe Jedi, e há muitos caminhos que os Cavaleiros Jedi podem seguir em suas carreiras. Eles desempenham diversas funções na Ordem, entre as quais manutenção da paz, a diplomacia e a investigação. Essa especialização por talento resultou no surgimento de três divisões de Cavaleiros e Mestres: Os Guardiões Jedi, os Consulares Jedi e as Sentinelas Jedi.

Mais até que younglings? -Thame

Cada grupo difere muito em sua abordagem para conduzir uma missão, mas as três filosofias são vitais para a Ordem. Permitam que a Força os guie para a função que melhor utiliza suas habilidades inatas.

Seus serviços como Cavaleiros Jedi podem durar décadas, mesmo séculos, se vocês pertencerem a uma espécie abençoada com a longevidade. Ao longo desses anos, vocês servirão em nome da República e segundo a vontade da Força — uma oportunidade que poucos seres terão.

Abençoado eu sou. -Yoda

Guardião o título é, não Guerreiro. Lembrar-se disso todos os Cavaleiros deveriam.

—Yoda

GUARDIÃO JEDI

POR CRIX SUNBURRIS, ÁS JEDI

Se vocês preferem o heroísmo a ficar parados, tornar-se um Guardião Jedi pode ser o caminho. Ainda que eu não esteja aqui para menosprezar o trabalho de nossos Consulares e Sentinelas Jedi, é fato que nós Guardiões somos a primeira linha de defesa da República contra milhares de inimigos que pretendem destruí-la.

CONCORDO. POR QUE SE TORNAR UM JEDI SE VOCÊ NÃO LUTA?

Anakin

Os Guardiões são os herdeiros dos primeiros Cavaleiros Jedi. Quando a primeira facção de nativos de Tython deixou seu mundo natal, eles o fizeram com o propósito expresso de deixar a fronteira galáctica selvagem segura para os inocentes — e com os mesmos princípios que defendemos hoje. É, sobretudo, essa divisão da Ordem a identificada com sabres de luz. O sabre de luz é a nossa arma e o nosso símbolo.

PARECE QUE VOCÊ REALIZOU SEU DESEJO — TODO MUNDO LUTA AGORA.

—AHSOKA

Uma vez que vocês tenham escolhido se especializar como Guardião Jedi, o treinamento consumirá suas horas disponíveis. O tempo de vocês não está mais sujeito às demandas de um Mestre; então, abandonar seus exercícios é por sua conta e risco. Todos os dias eu reservo uma hora de corrida, uma hora de treino de combate não armado e uma hora de cadências ou treinamentos com sabre.

4.3 A MAIORIA DOS GUARDIÕES JEDI POSSUI SABRE DE LUZ AZUL PARA MOSTRAR SUA SOLIDARIEDADE.

Ainda que os Sith tenham sido extintos na última guerra, a realidade atual de tempos de paz só fez reforçar a importância dos Guardiões. Após as reformas governamentais no pós-guerra, a República não possui mais forças militares. Resumidamente, nós somos o Exército da República, e precisamos estar prontos para dar a vida a serviço da causa.

De certo modo, somos também a força policial da República, responsáveis por manter a paz e deter os foras da lei. Os serviços dos Guardiões são necessários de forma desesperadora nos mundos da Orla Exterior e do Espaço Selvagem, onde as forças de segurança locais têm pouca influência e a população necessita de salvadores.

Foi essa arrogância que fez com que as pessoas passassem a odiar os Jedi.

Os Guardiões Jedi, em geral, usam sabres de luz com lâmina azul, ainda que isso seja mais um símbolo de fraternidade que uma regra. Vocês podem usar a lâmina com que se sentirem melhor, ainda que eu tenha certeza de que vocês desejarão substituir seu sabre de luz original de aprendiz. Somos guerreiros; então, seu sabre de luz terá bastante uso! Com atos de heroísmo suficientes, vocês poderão, um dia, juntar-se a mim e receber a honraria de Mestre Guerreiro.

4.4 Os Guardiões Jedi servem para proteger a paz galáctica e como tais devem sempre portar um conjunto de atadores de pulsos.

Há vários caminhos para seguir dentro da classificação dos Guardiões Jedi. Os caminhos da guerra são numerosos, e nenhum Jedi pode ser o melhor em todos eles.

GUARDIÕES DA PAZ JEDI

Os Guardiões da Paz Jedi se especializam em segurança e policiamento e se encontram entre os mais antigos grupos reconhecidos pela Ordem. Ainda que todos sejam bons guerreiros, em geral, eles não servem na linha de frente das tropas de combate; em vez disso, são treinados para controlar multidões, prender suspeitos e neutralizar ameaças antes que possam se tornar violentas. Com o pedido de governantes planetários, guardiões da paz são alocados em mundos da República, onde trabalham como intermediários da execução da lei local e paramilitares.

SEGURANÇA DO TEMPLO

Em Coruscant, Guardiões da Paz são sinônimos de Segurança do Templo. Esses Jedi vigiam o Templo e os distritos do entorno, afastando da área excêntricos, fanáticos e radicais armados. As fileiras da Segurança do Templo incluem Guardiões dos Portões Jedi, que monitoram a entrada principal, e Brutos Jedi, cujo tamanho imponente com frequência afasta agitadores.

IGUAL AO VELHO JUROKK — ELE FICARÁ EMPACADO NESSE TRABALHO PARA SEMPRE.

Anakin

4.5 ATIRADORES DE ELITE JEDI MONTAM GUARDA NO ALTO DO TEMPLO PARA VIGIAR A CIDADE.

SERÁ QUE EU TERIA SERVIDO AQUI
SE TIVESSE NASCIDO EM OUTRA ERA?
-LUKE

Caças Estelares Jedi

Membros do Corpo de Caças Estelares Jedi, conhecidos como Ases Jedi, pilotam uma frota de caças Savage Star, nossa opção de caça estelar, em vez dos um tanto ultrapassados Kuat Redshift que usamos para derrotar os Sith. Essas naves são equipadas com canhões de laser geminados, um escudo defletor Chempat e um hiperpropulsor deslizante externo.

MAL POSSO ESPERAR PARA PÔR AS MINHAS MÃOS
EM UM CAÇA ESTELAR DO TEMPLO!
Anakin

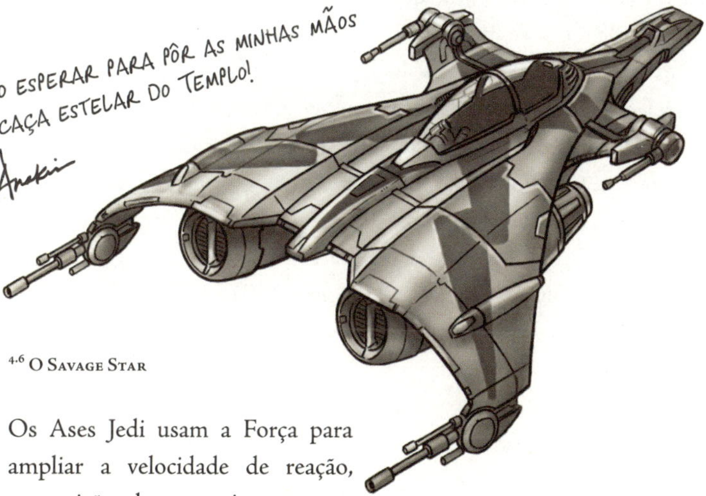

4.6 O Savage Star

Os Ases Jedi usam a Força para ampliar a velocidade de reação, a precisão de pontaria e a percepção da batalha, mas nós nunca a usamos para alterar as percepções dos nossos inimigos. Somos Ases e não precisamos de atalhos desse tipo.

Como Ases Jedi, viajamos pela galáxia, algumas vezes de carona nas naves principais da República. Durante a guerra, elas eram os navios da Marinha da República. Após as reformas, é claro, a Marinha deixou de existir, mas os Ases são bem-vindos em todos os setores e forças de defesas planetárias.

Eu servi com os Ases por cerca de vinte anos. Durante esse tempo, aprimorei nossos esquadrões de caça, destruí mais de 300 naves inimigas e fui condecorado com a honraria de Marechal Aéreo da República. Não se sintam intimidados por essas conquistas — ninguém no Corpo de Caças Estelares espera que vocês atinjam tais níveis. Mas nós precisamos, sim, de bons pilotos!

AMEI! ESSA SOU EU
DEPOIS DA GUERRA – ÁS JEDI.
-AHSOKA

Por que o Mestre Drallig não me deixa estudar isso? Acho que não vou aprender isso com Obi-Wan. —Anakin

Instrutores de Sabre de Luz

Sabres de luz fazem parte da nossa identidade como Ordem. Assim que os Iniciados atingem idade para se manter de pé, passam a ter aulas sobre o manuseio adequado de um sabre, e essa instrução nunca termina de verdade até que o Jedi se torne um com a Força.

Deve ser evidente, portanto, que instrutores de sabre de luz estejam entre os integrantes mais vitais da Ordem Jedi. Se esse estilo de vida lhes parece interessante, contenham-se! Essa não é uma especialização a ser seguida sem antes vocês provarem seu valor em combate. Diferentemente dos Consulares, nós Guardiões não levamos muita fé em professores que valorizam a vida, e instrutores de sabre têm cicatrizes que atestam centenas de mortes em combate. Ainda que seja verdade que a Ordem Jedi evita violência sempre que possível, às vezes ela se faz necessária. Sob essa perspectiva, quem tem as habilidades que melhor servem a um instrutor de combate — um diplomata ou um guerreiro?

O Templo tem um instrutor que carrega o título de mestre de batalha, atualmente Mestre Vaunk. A designação de mestre de batalha já foi, em certa época, mantida por um único Jedi de cada vez, mas o título ganhou popularidade durante a guerra até que abrangeu centenas de generais e Lordes Jedi. A maior parte deles serve agora em academias Jedi satélite e a bordo de naves praxeum. Mestres de batalha treinam Iniciados e Padawans no uso dos movimentos de combate e cadências das Formas I a VI e partilham conhecimento sobre a Forma VII com aqueles que conquistaram sua confiança.

Abaixo dos mestres de batalha, instrutores do dia a dia servem para reforçar a execução adequada desses estilos. Todos os instrutores de sabre de luz são Mestres Jedi e devem ser recomendados por um mestre de batalha e ratificados pelo Alto Conselho.

Eles aprendem coisas demais. Alguém que passe todo o tempo estudando uma única forma tem mais chance de superar um mestre de batalha. —Dookan

Gostaria de ver Dookan superar um mestre de batalha! —Kenobi

Pelo que ouvi, Dookan derrotou Obi-Wan. —Ahsoka

4-7 Mestre Vaunk

A posição de instrutor de sabre de luz pode ser alcançada pelos Mestres Jedi no fim de suas carreiras, quando seus reflexos estiverem reduzidos, mas suas mentes ainda estejam afiadas. Também pode ser uma função preenchida pelos que tenham talento sobrenatural e possuam habilidade com o sabre correndo tão fundo que seria tolice desperdiçá-los na patrulha da Orla.

Especialistas em Armas Exóticas

Ainda que o sabre de luz seja nossa principal arma, ele não é o único tipo de armamento disponível para os Jedi. O caça estelar, por exemplo, é uma arma especializada usada por Ases Jedi, mas existem muitas outras ferramentas usadas por membros da Ordem para cumprir missões específicas ou explorar conjuntos únicos de habilidades. Especialistas em Armas Exóticas são raros nas fileiras de Guardiões Jedi, mas são respeitados por seu domínio sobre disciplinas difíceis e esotéricas. O domínio de qualquer uma das armas a seguir poderia render-lhes o título de Especialista em Armas Exóticas:

4.8 O Alto Conselho é responsável por conferir o título de Mestre de Batalha.

- O **sabre de luz de duas lâminas** e o **sabre de luz lança** são variações que requerem especialização de combate. Às vezes, esses especialistas empunham cajados sem nenhuma lâmina de energia. Eles podem ser feitos de metais resistentes a sabres de luz ou podem ser meros bastões de madeira fortificados pela Força.

Pensei que eram apenas equipamentos de treino para aprender a manejar um de duas lâminas... –Thame

4.9 Um cajado fortificado pela Força pode resistir a golpes de sabre de luz.

- **Chicotes** podem ser feitos de couro, arame, corda ou filamentos de energia — como nos chicotes de luz. Especialistas em chicotes podem usá-los para enroscar braços e pernas, para desarmar inimigos ou forçá-los ao chão.

Encaramos três assassinos que usavam correntes com foices em Filve. Por pouco escapamos com vida. -Thame

- **Manguais** são uma classe de arma que utiliza uma bola pesada presa ao cabo por meio de corda ou corrente. São armas difíceis de dominar, mas um especialista em manguais pode usar a bola para quebrar ossos, a corrente para enrolar, e o cabo — que, em geral, é adornado com uma lâmina — para causar dano a curta distância.

Eu tentei usar uma vez. Enrola com facilidade. Q-G

4.10 MANGUAIS TÊM DIVERSOS USOS, MAS REQUEREM INTENSO TREINAMENTO DE COMBATE.

POR QUE SE PREOCUPAR? UM SABRE DE LUZ CORTA CORRENTES. Anakin

- **Armas de longo alcance** não costumam ser empregadas pelos Jedi, mas atacar a distância não é vergonha alguma — ainda que vocês tenham que suportar a curiosidade de seus companheiros. Os Jedi que treinaram com blasters na especialização usam a Força para ampliar sua visão e orientar seus disparos. A maior parte dos atiradores de elite do Templo usa seus sabres de luz como armas de longo alcance, arremessando-os a distância e com precisão para atingir seus alvos.

Que barbaridade! -Kenobi

- Alguns Jedi usam os próprios corpos como armas. Os **artistas marciais** de Bakuuni Hand empregam a Força para fortalecer suas mãos, pés e braços quando realizam um ataque desarmado. O golpe de um mestre Bakuuni é capaz de pulverizar uma pedra.

A maioria dos Especialistas em Armas Exóticas dedica suas vidas ao domínio da matéria escolhida. Assim como os instrutores de sabre de luz, eles, em geral, passam a ensinar após atingir a classificação de Mestre.

Consular Jedi

Por Sabla-Mandibu, Vidente Jedi

O caminho de um Jedi é de harmonia, que se afasta da violência e busca a união dos seres vivos através da paz proporcionada pela Força. Guardiões Jedi são necessários para prevenir que o mal se espalhe, mas são os Consulares Jedi que sustentam os preceitos centrais do Código Jedi.

Os mais estimados Mestres Consulares Jedi servem ao Conselho da Reconciliação, que é responsável por negociar com facções políticas tanto dentro da República quanto fora dela. Não somos substitutos do Senado. Na verdade, servimos ao seu bel-prazer. Ainda assim, nosso entendimento da Força nos dá uma perspectiva única na resolução de conflitos, uma resolução que assegura a estabilidade a longo prazo na galáxia.

Enquanto o Alto Conselho reporta ao Chanceler Supremo, o Conselho da Reconciliação trabalha frequentemente com o Corpo Diplomático da República, e não é incomum que novas culturas alienígenas insistam em negociar com um representante Jedi a entrada de seu mundo na comunidade galáctica. Consulares Jedi ajudam a servir todas as populações da galáxia em negociações políticas e na resolução de conflitos.

entenas de anos com a Ordem, e ser um diplomata eu continuei. —Yoda

4.11 Um Consular Jedi usa palavras e sagacidade para resolver conflitos.

Como a Força é uma parte significativa da nossa eficácia e é útil para detectar fraudes, usá-la para incitar partes beligerantes a assinar um acordo é considerado abuso de poder Jedi.

Além de negociar, Consulares Jedi pesquisam e ensinam. Muitos podem ser encontrados em Coruscant beneficiando-se dos volumosos registros de dados dos Arquivos, enquanto outros servem em centros de informação, como Obroa-skai e Telos.

Demonstrar profundas habilidades da Força é a marca de um Consular Jedi. Aos mais avançados entre nós é concedida a honraria de Mestre Sábio. Os maiores curadores, videntes e profetas saíram todos das nossas fileiras. Consulares podem ser lutadores incríveis se instigados, mas nós preferimos confiar nos talentos da Força, como afetar a mente ou o uso da telecinese, a brandir um sabre de luz. Apesar de um Consular Jedi portar um sabre de luz — que, em geral, emite uma típica luz verde —, ele costuma ficar pendurado no cinto.

Se vocês escolheram o caminho de Consular Jedi, seus talentos empáticos são fortes, e vocês têm uma conexão profunda com a Força.

4.12 A MEDIAÇÃO DO FIM DE UMA GUERRA PODE SALVAR A VIDA DE BILHÕES.

Ao longo da carreira, vocês melhorarão as condições de milhares de vidas por meio de suas ações.

VIDENTE JEDI

Entre as fileiras de Consulares Jedi está a de Vidente Jedi. Esse foi o chamado que eu segui em minha própria vida; então dele eu entendo bem. Aqueles que se tornam videntes estão em consonância com os trabalhos mais elevados da Força Unificadora e podem perceber como ela amarra espaço e tempo em uma engrenagem coerente e fantástica. Videntes escutam a voz e sentem a vontade da Força. Eles podem ver eventos a distâncias remotas e ter visões do passado e do futuro. Alguns videntes, conhecidos como Profetas Jedi, são dotados de extraordinário

YODA ME ENSINOU QUE HÁ LIMITES PARA UMA PROFECIA — MAS ELE TAMBÉM ME ALERTOU PARA NÃO IGNORÁ-LA
—LUKE

discernimento futuro. Suas profecias estão gravadas nos nossos Holocrons.

A conexão entre Videntes Jedi e a Força Unificadora é um dos ativos mais importantes que a Ordem Jedi possui. Outros grupos poderosos, incluindo os Hutts, empregam guerreiros, artistas marciais e pilotos — mas quem além dos Jedi pode perceber a integridade da existência?

Quantos previram a queda? Nenhum. Tolos.

4.14 Curadores Jedi tratam feridos em campos de batalha depois que a luta cessa.

4.13 Os Videntes Jedi são responsáveis pela profecia do Escolhido.

Curador Jedi

Assim como os videntes usam a conexão com a Força Unificadora, Curadores Jedi usam a conexão com a Força Viva para salvar os que estão morrendo e curar infectados. Eles trabalham junto do Corpo Médico Jedi, mas são Cavaleiros e Mestres Jedi completos (ao contrário da maioria do MedCorp Jedi, que nunca atingiu o nível de Padawan). Nessa função de liderança, eles supervisionam a enfermaria do Templo e praticam troca curativa em mundos como Rhinnal e H'ratth.

COM SEPARATISTAS AGINDO NA ORLA, PRECISAMOS DE, NO MÍNIMO, UM CURADOR POR FORMAÇÃO DE BATALHA.
-AHSOKA

4.15 Astrônomos Jedi estudam estrelas, nebulosas, quasares e buracos negros.

Pesquisador Jedi

Pesquisadores Jedi empregam suas mentes excepcionais para resolver problemas teóricos e melhorar a qualidade dos dados nos nossos Arquivos. Entre os especialistas de suas fileiras estão matemáticos, físicos hiperespaciais, astrônomos e biólogos, como o estimado Mestre Bowspritz.

Embaixador Jedi

Às vezes, o Mestre Dookan apenas olha para os negociadores. Em geral, funciona. Q-G

O Consular Jedi batalha usando palavras e ideias. Em nenhum lugar isso é mais aparente do que na especialização de embaixador. Desde que os Jedi aprenderam e adaptaram os princípios da justiça com os filósofos anciãos de Caamasi, somos conhecidos por nossa imparcialidade. Os preceitos do Código Jedi insistem na justiça da mente: *Não há paixão, há serenidade. Não há caos, há harmonia.*

Essa atitude é que faz dos Consulares Jedi os representantes preferidos da República Galáctica, e muitos de nós carregam o título de Embaixador Jedi dentro da burocracia da República. Embaixadores Jedi trabalham junto dos oficiais de governo e são a face da República para aqueles que encontram. Eles são considerados o padrão mais alto de comportamento civilizado.

4.16 Hespecia Tik'kla, a legisladora de Caamasi que inspirou a abordagem Jedi da justiça.

DIPLOMATA JEDI

Diplomatas Jedi são uma classe relacionada e mais numerosa que a dos embaixadores. Eles trabalham em uma função mais ativa e menos simbólica, lutando para conseguir os termos de um acordo e sustentando a nova paz galáctica. É importante lembrar que, na diplomacia, flexibilidade é força. Uma árvore rígida será arrancada pela raiz na primeira tempestade de vento. Ao decretar um tratado, um diplomata pode encerrar hostilidades e salvar bilhões de vidas — uma vitória muito maior que qualquer guerreiro poderia conseguir no campo de batalha.

EIA PODERIA ESTAR NTRE OS MELHORES ESSA ÁREA SE EU AO MENOS ONSEGUISSE FAZÊ-LA REINAR DE VEZ EM QUANDO. -LUKE

PROTETOR DA TRADIÇÃO

Protetor da Tradição é um termo amplo que abrange historiadores Jedi, bibliotecários Jedi e arquivistas Jedi. Historiadores se especializam no estudo das eras passadas, enquanto bibliotecários interagem com estudantes visitantes e tornam os recursos dos Arquivos acessíveis para qualquer Jedi. Arquivistas traduzem, copiam e armazenam todos os novos textos adicionados à coleção do Templo. Os três tipos de Protetores da Tradição são parte da Assembleia de Bibliotecários, uma organização do Templo que administra a aquisição de dados.

Os Arquivos contêm mesmo tudo? Me parece meio rude perguntar isso. -Kenobi

4.17 PROTETORES DA TRADIÇÃO TRANSCREVEM TEXTOS ANTIGOS E DEBATEM OS MELHORES TERMOS PARA TRADUÇÃO.

SENTINELA JEDI

Suspeito que a maioria dos Jedi sobreviventes pertença à classe das Sentinelas.

POR MORRIT CH'GALLY, RECRUTADOR JEDI

Fazendo uma média entre Guardião e Consular, a Sentinela Jedi combina disciplina e técnica civil. Como não focamos nosso tempo em exercícios com sabre de luz ou meditação da Força, nós, Sentinelas, adquirimos uma série de habilidades que não requerem a sensibilidade à Força — e realizamos tarefas com que nem Guardiões nem Consulares podem lidar sozinhos.

Uma das verdades não faladas sobre os Jedi é que estamos isolados do funcionamento da galáxia. Na minha opinião, é possível saber *demais* sobre combate e a Força — se isso significar que vocês não sabem quase nada sobre coleta de informações, manipulação de computadores, vigilância tecnológica ou espionagem. Sentinelas abordam essas disciplinas a fundo, sem presumir que a Força revelará todas as respostas. Quando vocês fizerem isso, descobrirão que há muita coisa que os civis da galáxia podem nos ensinar.

4.18 UMA SENTINELA JEDI TEM AS HABILIDADES PARA LIDAR COM O INESPERADO

Ao contrário dos Consulares e dos Guardiões, que viajam por zonas problemáticas, Sentinelas Jedi costumam se prender a um único setor ou sistema planetário de cada vez por meses ou anos. Em eras passadas, isso levou muitas Sentinelas a serem nomeadas Vigias Jedi, que tomavam para si a responsabilidade sobre o bem-estar de uma região definida do espaço.

No entanto, é raro Sentinelas precisarem usar armas; como todos os Jedi, elas portam um sabre de luz. O sabre de luz de uma Sentinela costuma ter a lâmina amarela. Não viu muitos desse tipo? Agora você sabe como somos poucos em número e como ficamos bem escondidos até que a ação seja necessária.

4.19 Com frequência Sentinelas portam blasters assim como células de energia e outras ferramentas de especialista.

Como as Sentinelas Jedi preenchem a lacuna entre Guardiões e Consulares, nós participamos de missões para as quais nenhum dos grupos é indicado. Mas, na verdade, as Sentinelas, em geral, pegam os trabalhos que nenhum dos grupos *quer*. Dar conta de tarefas que nossos colegas definiram como impossíveis é a marca de uma Sentinela.

As fileiras de Sentinelas Jedi incluem investigadores, espiões, especialistas em tecnologia, sabotadores e outros especialistas cujos talentos não se adequam com facilidade nas tradições da Ordem. Recrutadores Jedi, como eu, costumam começar como investigadores antes de usar seus talentos para identificar e alistar crianças sensíveis à Força de toda a República.

A MAIORIA DOS MEUS ALUNOS TINHA OUTRAS VIDAS ANTES DE ENTRAR NA MINHA ORDEM. COMO ELES ÊM DIFERENTES PASSADOS, DEMONSTRAM MUITAS DESSAS HABILIDADES.
–LUKE

Nosso trabalho requer um amplo conjunto de habilidades, mas Sentinelas não ligam para a origem de uma tática, contanto que funcione.

Slicer

Slicers são especialistas em computador capazes de se infiltrar em redes sem deixar vestígios. Assim como muitas especializações Sentinelas, essa habilidade é notável, já que, nesse caso, a Força não ajuda em nada. Ainda que vocês possam usar um truque mental para passar por um guarda, uma vez sentados no terminal, suas habilidades em manipular dados serão a única coisa que importa.

NÃO BRINCA! PRECISO FAZER UMA PAUSA E REMONTAR OS DROIDES DO TEMPLO SÓ PARA MANTER AS MINHAS HABILIDADES EM DIA.
Anakin

Especialista em Tecnologia

O especialista em tecnologia construiu um talento único entre as classes Jedi, que, em geral, evitam tecnologia de ponta. Eles têm um conjunto de habilidades mais amplo que os slicers e são capazes de desmontar, misturar e reconstruir qualquer tipo de equipamento, da engrenagem de um hiperpropulsor a um deck eletrônico de cartões sabacc. Por prevalecerem os droides na manutenção e no reparo, essas habilidades são raras na Ordem.

NÃO É PARA ISSO QUE MANTEMOS ARTOO POR PERTO?
–AHSOKA

4.20 Um Jedi dotado de *mechu-deru* pode sentir a estrutura complexa da tecnologia.

Alguns especialistas em tecnologia cultivaram um dom para a habilidade da Força *mechu-deru*, que confere ao usuário um entendimento intuitivo de como estruturas complicadas, incluindo maquinário e circuitos, se encaixam.

Especialista em Segurança

O especialista em segurança é conhecido por sua habilidade em desarmar armadilhas e alarmes silenciosos. Esse Jedi reconhece as limitações da Força quando se trata de medidas de defesa tecnológicas e já salvou muitas missões e vidas ao estudar como desarmá-las. Um especialista em segurança pode ser a diferença entre uma infiltração bem-sucedida e uma sentença de prisão perpétua nas masmorras ardentes de Nal Hutta.

ELES PODEM ESTAR NO MEU TIME PARA QUE EU NUNCA ACABE LÁ!
-AHSOKA

Sombra Jedi

A elite de Sombras Jedi é composta de membros muito respeitados das Sentinelas. A função dos Sombras Jedi é buscar e eliminar quaisquer traços do lado negro. Isso exige que sejam, ao mesmo tempo, espiões e sabotadores. Sombras Jedi prezam pela missão acima de qualquer coisa e com frequência firmam compromissos morais que seriam desagradáveis para outros membros da Ordem.

KATARN TERIA SIDO UMA INCRÍVEL SENTINELA. KAM TAMBÉM.
-LUKE

4.21 Sombras Jedi servem para defender os caminhos da Força ao caçar agentes do lado negro.

HABILIDADES ALTER

POR SABLA-MANDIBU, VIDENTE JEDI

Como younglings, vocês aprenderam o Controle; como Padawans, estudaram o Sentido; e agora, como Cavaleiros, a educação de vocês na Força continuará na disciplina do Alter. Essas habilidades, que usam a Força para causar impacto físico no ambiente ao redor, são as mais difíceis de dominar. Mas, sem o Alter, vocês são como moluscos — percebem o mundo à sua volta, mas são incapazes de tocá-lo. Com o Alter, vocês criarão braços e pernas. Aprendam essas habilidades, pratiquem-nas diariamente e vocês aprofundarão a aptidão para o Alter ao longo da carreira.

Quem você está chamando de molusco? -Thame

4.22 PEQUENAS RÉPLICAS DAS ROCHAS MUNTUUR SÃO USADAS POR INICIANTES.

Telecinese é a habilidade Alter mais fundamental, formando a base dos já conhecidos Empurrão da Força e Atração da Força. Seu treinamento deve focar tanto em precisão quanto em controle, mas também em levantar grandes pesos. O exercício da garrafa de oxigênio é bom para precisão, já que requer que um Jedi encha uma garrafa vazia com moléculas de oxigênio retiradas uma a uma do ar. Para controle, visitem a câmara de Kuddaka do Templo, onde as Rochas Muntuur são mantidas. Cada rocha pesa algumas toneladas; então, apenas empurrar uma delas pode ser considerado um sucesso. Note que Mestre Fae pode levitar todas as seis depois de entrar em estado de profunda meditação.

Impressionante! Como importante não é o tamanho, apenas cinco eu consigo levantar desde que passei dos 700. -Yoda

O **controle da mente**, em geral chamado de "truque mental Jedi", pode encobrir os impulsos de um cérebro indisciplinado. Essa habilidade deve ser um meio temporário de conseguir um bem maior. Ela nunca deve ser usada para o lucro ou ganhos.

Acho que mestre Qui-Gon gosta um pouco demais disso.
-Kenobi

Podem-se usar as habilidades alter para curar, mas também para ferir. Em ambos os casos se trata de uma habilidade Jedi, embora a última deva ser usada com parcimônia, pois tem um potencial enorme para causar dano. Os Sith usaram **ferimento da Força** sem restrições para matar a distância.

Alter Ambiente descreve um conjunto de habilidades que evidenciam a habilidade da Força para controlar o mundo natural. Com isso, um Jedi pode provocar um redemoinho ou um raio de luz ou pode direcionar tempestades de granizo e ondas revoltas contra os muros de uma fortificação inimiga.

OUVI DIZER QUE ALGUNS MESTRES PODEM INVOCAR UM PILAR DE FOGO!
Anakin

A habilidade relacionada ao **crescimento vegetal**, ou *Consitor Sato*, está entre as minhas favoritas. Ao atrair a Força Viva, um Jedi pode emboscar inimigos em um ninho de galhos retorcidos e encerrar um conflito com mínima violência.

ISSO TERIA VINDO A CALHAR EM AQUARIS!
-AHSOKA

4.23 Ao usar a Alter Ambiente, um Jedi pode transformar um curso d'água próximo em arma.

TÉCNICAS AVANÇADAS DA FORÇA

Alguns Jedi demonstraram seu domínio das expressões mais desafiadoras da Força, mas isso não obriga vocês a seguir a liderança deles. No entanto, se seus talentos repousam sobre áreas similares, vocês podem querer dedicar um ano ou dois enquanto Cavaleiros para se tornar especialistas em uma técnica avançada da Força.

A **meditação de batalha**, na teoria e na prática, é muito encorajada pelo Conselho e fundamental para vitórias em tempos de guerra. Através da meditação de batalha, um Jedi toca a mente de cada soldado na zona de combate, aliado e inimigo, sem distinção. Aliados ganham um estímulo no moral e na eficiência durante a luta, enquanto inimigos são tomados por confusão e medo. Na Batalha de Mizra, a morte do coordenador Jedi por um atirador de elite Sith transformou a batida em retirada por parte dos Jedi em uma matança em larga escala.

A **combustão**, ou *Flamusfracta*, é o ponto alto da arte da telecinese pela qual um Jedi faz objetos explodirem. A intensidade da explosão pode ferir uma sala repleta de inimigos, ainda mais se o objeto afetado for feito de material inflamável.

A **arte do Pequeno** é um método fascinante de mesclar um indivíduo com a Força. Em meditação, a presença da Força de um Jedi é encolhida em um único átomo, o que permite um nível de disfarce sem precedentes, bem como a percepção do universo em escala molecular. Usar a telecinese nesse estado permite ao Jedi eliminar toxinas e curar certas doenças em outros seres e em si mesmo ao construir proteínas saudáveis e refazer células.

OUVI A RESPEITO DE UMA CAMPANHA DE RECRUTAMENTO DE ADEPTOS DA MEDITAÇÃO DE BATALHA. PARECE QUE O CONSELHO ESTÁ PREOCUPADO DEPOIS DO QUE ACONTECEU EM NABOO.
Anakin

Mera brincadeira de criança.

Doppelganger, ou *Similfuturus*, permite a um Jedi criar uma réplica de vida curta de si mesmo ou de um objeto cuja aparência não pode ser diferenciada do item verdadeiro. Aqueles que dominam essa habilidade podem criar fantasmas de qualquer pessoa que escolherem ou enganar o inimigo, fazendo-o ver mais objetos, como droides, do que de fato estão presentes.

4.24 Doppelganger é uma técnica eficaz para confundir ou enganar um oponente.

SERÁ QUE ISSO FUNCIONARIA EM UM EXÉRCITO INTEIRO DE CLONES?

-AHSOKA

4.25 A CRIAÇÃO DE UM BURACO DE MINHOCA NO HIPERESPAÇO É UM USO PODEROSO DA FORÇA QUE PODE ENVIAR ONDAS DE CHOQUE ATRAVÉS DO ESPAÇO.

A **Tempestade da Força** é uma impressionante demonstração de pura energia natural. Depois de usar a Força para abrir um buraco de minhoca no hiperespaço, choques imensos reverberarão sobre a malha espacial. Devido ao potencial maléfico da Tempestade da Força, o Conselho classificou-a recentemente como um poder do lado negro.

O IMPERADOR RENASCIDO USOU ISSO EM DA SOOCHA. ELA TEM O PODER DE DESTRUIR MUNDOS.
-LUKE

Sim — o limite dos Jedi, a chance dos Sith. E, agora, nosso poder é ilimitado.

TÉCNICAS PROIBIDAS DA FORÇA

No coração, vocês sabem quais habilidades vão de encontro ao Código Jedi. Ainda durante a última guerra, o poder rústico manejado pelos Sith fez alguns Jedi se igualarem a eles na ira. Erros de cálculo desse tipo sempre terminam em tragédia.

Técnicas proibidas da Força são marcadas pela perda do controle. É proibido usar qualquer uma dessas técnicas como Cavaleiro Jedi.

Agarrão da Força Esse refinamento da telecinese funciona como uma extensão invisível da mão, permitindo ao usuário da Força erguer seus inimigos no ar ou obstruir a passagem de ar de suas traqueias. Essa é uma aplicação decerto brutal e cruel da Força.

Insanidade da Força Essa perversão do controle da mente pelo lado negro invade a psique da vítima com energias sinistras, ao ponto de a pessoa ficar paralisada de horror. Essa técnica pode levar intelectos vulneráveis à loucura permanente.

Visão Mortal Uma tática que já foi muito rara, mesmo entre os Sith, passou a ser muito usada durante as últimas décadas da guerra. Ao canalizar essa habilidade, o usuário da Força pode aproveitar a fúria e o ódio e, então, projetá-los através de um olhar sobre a vítima — desde que a vítima esteja em seu campo de visão. A Visão Mortal é conhecida por corroer a pele e vaporizar extremidades.

ISSO É MESMO PERIGOSO? COMO PODE SER UM MOVIMENTO DO LADO NEGRO APENAS LEVANTAR ALGUÉM?
Anakin

PELO PESCOÇO? E ELE ME REPREENDE PELA MINHA RAIVA.
-AHSOKA

Morichro Apesar de ser praticado por alguns Mestres Jedi, é proibido para um Cavaleiro. Ao usar o Morichro, um Jedi pode reduzir as funções corporais até deixá-lo em estado semicatatônico ou apagá-lo por um bom tempo. Há um grande risco de que um usuário não treinado vá longe demais e, por acidente, faça o coração parar de bater.

Relâmpago da Força Uma técnica na qual um Jedi pode disparar correntes elétricas de intensidades variadas de suas mãos e dedos. Essa técnica mantém relação próxima com o Relâmpago Sith, poder do lado negro, mas se origina de um insistente senso de justiça e foi estudada por alguns Mestres em condições controladas. Sua energia também pode ser contida em uma bola de pura força cinética, conhecida como cinetite.

VADER EXIBIU ESSE PODER EM MIMBAN.
-LUKE

TÉCNICAS AVANÇADAS DE SABRE DE LUZ

POR SKARCH VAUNK, MESTRE DE BATALHA JEDI

FORMA VII DE COMBATE COM SABRE DE LUZ: *JUYO*

A *Juyo* existe há milhares de anos, mas é a mais controversa de todas as formas e a maioria de vocês não terá necessidade de aprendê-la. A *Juyo* também é conhecida como Caminho do Vornskr, mas, na minha opinião, é mais bem-descrita por seu nome alternativo, a Forma da Ferocidade.

Perversa e imprevisível, a Forma VII requer que um Jedi ataque sob a orientação de paixão controlada. Foi esse aspecto que causou maior consternação na Ordem, já que a execução adequada da *Juyo* parece violar um dos preceitos nucleares do Código: *Não há emoção, há paz.*

Não é surpresa, Jedi. É um estilo Sith.

No entanto, os mestres da Forma VII não se entregam à cegueira da emoção. Eles canalizam sua perturbação interior para uma forja mental, que fornece a paixão para carregar seus ataques rústicos e furiosos. Um especialista de verdade mantém as emoções guardadas dentro da forja. Poucos praticantes da arte podem permitir que suas emoções vazem durante a batalha, envenenando suas intenções e arremessando-os na fúria da ira do lado negro.

4.26 UM COMPONENTE-CHAVE DA FORMA VII É A HABILIDADE DE USAR EMOÇÕES INTERNAS PARA FORTALECER OS MOVIMENTOS.

Por essa razão, a *Juyo* sofre restrições do Conselho. Eu aceito apenas um punhado de alunos — escolhidos a dedo de acordo com meus critérios pessoais — por ano. Nunca mais permitirei o uso indiscriminado dessa forma depois dos eventos da última Guerra Sith, quando a *Juyo* forneceu o gatilho para os Jedi se afundarem na brutalidade e se juntarem às fileiras dos Sith.

A Forma VII é difícil de ser dominada. Seus movimentos são incisivos e caóticos, e ocorrem em rápidos rompantes. Vocês podem exercitar essas sequências em sua cabeça durante a prática regular, mas não estarão de fato usando a *Juyo* até que permitam que a excitação, a paixão e a ira atinjam suas ações.

Enquanto seu ataque pode eviscerar defesas — mesmo os bloqueios de um mestre da Forma III —, a Forma VII deixa seu praticante vulnerável e aberto ao contra-ataque. Múltiplos oponentes podem sobrecarregar um mestre da *Juyo* ao explorar momentos de vulnerabilidade. Empurrões e puxões da Força também são efetivos para confundir a defesa da Forma VII.

mestre Windu desenvolveu uma variação da Forma VII chamada Vaapad. Qui-Gon não me deixa estudá-la. -Kenobi

NINGUÉM ESTÁ AUTORIZADO A ESTUDAR VAAPAD. -AHSOKA

4.27 Treinamento básico de Forma VII

Técnicas Adicionais de Sabre de Luz

Como Cavaleiros, vocês nunca devem parar de aprender — e com as técnicas de sabre de luz não é diferente. Cada movimento que vocês aperfeiçoam abre caminhos para novos movimentos. Mesmo nós mestres de batalha somos humildes diante do pouco que de fato compreendemos. Aqui estão mais alguns movimentos avançados que vocês devem estudar enquanto Cavaleiros:

Arremesso de Sabre é uma disciplina difícil de ser dominada. Combinando o aspecto físico do combate com sabre de luz e a telecinese da Força Alter, ele permite que vocês arremessem um sabre de luz em um alvo e o chamem de volta à mão. Um sabre pode ser atirado com movimento giratório ou direto, como uma lança. Usem a Força para ajudá-los a guiar o caminho do sabre e ampliar seu alcance além do que sua força permitiria normalmente. Muitos dos melhores praticantes da Ordem estão lotados nos parapeitos do Templo como Atiradores de Elite Jedi.

ESSE MOVIMENTO ME PARECE DESESPERADO E ARRISCADO. MEU SABRE NÃO DEVE PRECISAR SAIR DA MINHA MÃO.
—DOOKAN

Combate montado é a arte de lutar sobre uma sela. Ele pode envolver uma moto deslizadora ou um animal, como um hornagaunt. De qualquer maneira, requer compreensão de como conduzir e controlar a velocidade enquanto vocês lutam. Aprendam como tirar vantagem da sua posição elevada em relação a alvos no nível do solo. Lembrem-se de que, se vocês estão montando uma criatura viva, pode ser necessário acalmá-la com a Força, conforme ela entra em pânico com os sons e odores da batalha.

Em meu trigésimo terceiro kybuck eu estou.
—Yoda

4.28 Um Jedi montado sempre está em vantagem.

Na **trakata**, um Jedi pode se aproveitar de uma das habilidades únicas do sabre de luz — a de ligar e desligar rapidamente. Na "Passagem da Lâmina", um Jedi desliga seu sabre para que passe temporariamente o bloqueio do inimigo e, em seguida, o reativa para o golpe fatal. Se dois combatentes travaram seus sabres juntos, um Jedi treinado pode optar por desativar o sabre e desequilibrar o inimigo.

O **sokan** encoraja o Jedi a usar o terreno ao redor como arma, por exemplo, procurando o ponto mais alto ou se escondendo atrás de obstáculos. Um inimigo pode ser direcionado a perigos, como um maquinário em funcionamento e valas abertas. Não considero sokan uma forma distinta de sabre de luz, mas alguns veem mérito nesse estilo. O sokan é mais bem-empregado em "terrenos familiares", onde o solo é conhecido e não reserva surpresas.

4.29 Através do uso da trakata, você pode furar a defesa de seu oponente e desferir uma Marca de Contato.

MAIS TÉCNICAS: A MAJESTRIX DE SKYE DESENVOLVEU A TRISPZEST, QUE É UMA FORMA AÉREA DE ESGRIMA USADA POR SEUS GUERREIROS ALADOS.

—LUKE

DESENVOLVENDO SEU PRÓPRIO ESTILO

Como Jedi que atingiram o nível de Cavaleiros, vocês receberam instrução nas Formas de Combate de I a VI. Agora, sem dúvida, vocês já adotaram a que melhor se adequa às suas forças físicas bem como às suas filosofias de batalha. Alguns Jedi se contentam em manter-se dentro desses conceitos, e isso é admirável. As Formas tradicionais existem há milênios, e cada uma tem milhares de defensores.

Ainda assim, alguns Jedi veem vantagem em um estilo híbrido baseado em algumas ou todas as formas. Guardiões que passam a maior parte do tempo se exercitando poderiam escolher combinar a força da Forma V com as acrobacias da Forma IV, enquanto Consulares, acostumados ao "estilo diplomático" da Forma VI, podem achar interessante sua origem pura, a Forma III. Sempre é aconselhável que vocês tenham uma "postura principal" com ataques e defesas que conheçam bem, uma postura à qual possam retornar sempre que se sentirem desorientados ou precisem reagrupar-se contra um inimigo extenuante.

Agora eu vejo as vulnerabilidades da Forma IV, e penso que ela seria mais segura com um toque da Forma III.
-Kenobi

EU ME AVENTUREI EM TODAS, MAS NÃO DOMINEI NENHUMA. MEU FOCO PERMANECE NA MAKASHI.
—DOOKAN

FORMA II — FORMA I — FORMA V — FORMA IV — FORMA VI — FORMA III

4.30 AO COMBINAR ELEMENTOS ÚNICOS DAS DIFERENTES FORMAS, O JEDI PODE CRIAR SEU PRÓPRIO ESTILO.

O combate de sabre de luz pode ser tanto físico quanto mental, à medida que você testa a defesa do inimigo e ajusta a sua abordagem. Mas um duelo também pode ser psicológico. *Dun Möch* é o ato de usar palavras para quebrar a concentração do oponente e estilhaçar o seu moral. Ao encorajar inimigos a se render ou lhes dizer que não têm a menor chance, um Jedi pode encerrar uma luta sem derramar sangue. Mas estejam avisados — insultos demais podem levar o Jedi para o lado negro.

SIM — UMA ARMA QUE DEVO APERFEIÇOAR. —DOOKAN

Todo Jedi deve encontrar seu próprio equilíbrio e método de luta. Se seu estilo é único e tem complexidade suficiente, ele pode, um dia, ser reconhecido como nova subcategoria e ensinado nas próximas turmas de Iniciados e Padawans. Talvez até leve o seu nome.

Eu gostaria de criar meu próprio estilo! Acho que vou pegar um droide de treinamento programado para todas as formas.
—Thame

ALISTANDO NOVOS MEMBROS

POR MORRIT CH'GALLY, RECRUTADOR JEDI

Os Jedi, como vocês bem sabem, proíbem o envolvimento romântico. Nós não nos casamos nem geramos linhagens poderosas dos nossos maiores integrantes. Como, então, sobrevivemos de geração em geração ou voltamos ao mesmo número de antes de sermos dizimados pela Guerra?

A Força fornece a resposta. Qualquer ser, não importa o mundo natal, a espécie, o patrimônio ou o status social de sua família, pode nascer com a habilidade para tocar a Força. Esses seres têm um dom, e, se não os ensinarmos a usá-lo, a Ordem Jedi será responsável por desperdiçar esse dom.

Na verdade, aqueles que não aprenderem a aproveitar seus talentos ainda jovens poderão enxergar a Força como uma maldição. Em alguns planetas, aqueles sensíveis à Força podem ser perseguidos como magos demoníacos ou se encantar com os próprios poderes e se tornarem os monstros que seus vizinhos temem. Quando atingem tal estado, é difícil trazê-los para a luz dos ensinamentos Jedi. Nas décadas passadas, atos como esses os tornaram alvo fácil dos Sith.

Mestre Unskette e eu tentamos recrutar uma criança em Orto, mas seus pais atiram pedras em nós. Relatei o caso ao conselho. -Thame

O CONSELHO MANTÉM, NO CRISTAL KYBER, DADOS SOBRE CRIANÇAS PODEROSAS NA FORÇA. EU, NO ENTANTO, DUVIDO QUE ELE ESTEJA COMPLETO. -AHSOKA

4.31 É MELHOR RECONHECER E RECRUTAR SENSÍVEIS À FORÇA ENQUANTO AINDA SÃO PEQUENOS.

NINGUÉM REPAROU EM MIM ATÉ MEUS NOVE ANOS. MUITOS SENSÍVEIS À FORÇA DEVEM SE PERDER POR AÍ. Anakin

Correto! Há muito potencial para o lado negro nesses que são esquecidos.

Aperfeiçoar o uso responsável do poder leva uma vida inteira e, por isso, é raro a Ordem Jedi aceitar membros um pouco mais velhos. A maioria de vocês chega ao Templo ainda bem pequena.

Localizar recém-nascidos poderosos na Força é um processo direto, pelo menos dentro dos limites da República. Exames de sangue obrigatórios são realizados no nascimento e registram a concentração de midi-chlorians nas células do bebê, e resultados positivos são encaminhados para o Templo Jedi para acompanhamento. Como a análise de midi-chlorians não é sempre definitiva — ainda mais entre crianças mais velhas e seres de fisiologia incomum —, ferramentas especiais ou enigmas podem ser empregados. Entre eles está a tela de teste, uma ferramenta que grava a habilidade de um sujeito para ler mentes ou ver imagens remotas, e o labirinto mental, um teste que demonstra se o sujeito pode usar telecinese rudimentar.

Scanners de sangue portáteis agora estão disponíveis no escritório do intendente. Eu levo alguns. Q-G

PERCEPÇÕES EQUIVOCADAS DOS JEDI

O trabalho de um recrutador Jedi pode ser ingrato. Ainda que muitas famílias tenham orgulho de ter seus frutos escolhidos pela Força, a realidade prática de levar uma criança para longe de seus pais é confusa e desagradável. Nós, Jedi, acreditamos firmemente que seres poderosos na Força têm o direito de receber o melhor treinamento

4.32 UMA CRIANÇA COM DONS PODE DETECTAR UM OBJETO CARREGADO DE FORÇA EM MEIO A OUTROS OBJETOS SIMILARES.

EU NÃO FAREI ISSO. A ASSOCIAÇÃO E O RECRUTAMENTO NA MINHA ORDEM SÃO ESTRITAMENTE VOLUNTÁRIOS.
-LUKE

disponível, e nosso caminho requer evitar o comprometimento emocional, em especial com a família de nascença. Ainda assim, o que nos parece evidente foi caracterizado como monstruoso na HoloNet. Eu admito que, ainda que nós recrutadores sejamos vitais para a continuidade da Ordem, não fazemos muito para limpar sua reputação.

A seguir, algumas calúnias levantadas contra a Ordem. Como Cavaleiros Jedi, vocês devem tomar partido e rebater essas mentiras, não discutindo, mas dando exemplos de abnegação e serviço.

Os Jedi são feiticeiros. Popular em mundos primitivos e entre adeptos de certas seitas religiosas, essa crença carrega um mal-entendido sobre a presença da Força no universo. A Força é um fenômeno real e demonstrável, não uma mistura de "magia" proibida. Através da nossa conexão com a Força, os Jedi são agentes da vida em si.

Os Jedi são sequestradores. Uma acusação bastante familiar para os Jedi Recrutadores, essa afirmação tem origem na dor do apego emocional. Ela também é tecnicamente falsa. Dentro da República, a Ordem Jedi tem a autoridade legal para levar em custódia os sensíveis à Força, e alguns Mestres argumentam que a presença da Força em uma criança indica que ela consente em entrar para a Ordem antes mesmo de ser capaz de falar.

Os Jedi fazem lavagem cerebral. Essa crença advém, em parte, do sigilo que envolve o treinamento Jedi e, em parte, de um mal-entendido muito difundido do chamado truque mental Jedi. Alguns alegam que a Ordem é responsável por hipnose de massa e controle mental. Mentira óbvia.

Os Jedi são elitistas. É tendência relacionar a presença de midi-chlorians com a superioridade genética, mas a Força *escolheu* se manifestar através da simbiose em nossas células. A Força pode chamar qualquer um, e isso é, portanto, a definição exata de igualitarismo.

O ódio contra os Jedi é profundo e poucos lamentaram quando eles se foram.

A História dos Sith

Por Restelly Quist, Bibliotecária-Chefe

O lado negro é a energia egoísta e impulsiva que vocês sentem quando não estão em paz. Membros da Ordem que se entregam a essas emoções destrutivas costumam experimentar uma corrupção espiritual irreversível que os marca como integrantes do lado negro. Aqueles que seguem os rituais de uma filosofia *específica* do lado negro se tornam Sith. Nem todos do lado negro são Sith; no entanto, os Sith provaram ser o poder mais persuasivo e malévolo dos últimos milênios. Algumas vezes, eles chegaram a controlar a maior parte da galáxia.

Assustador. Os Sith eram os inimigos da vida.
Q-G

4.33 Os Sith estão extintos, mas os ecos de sua maldade ainda vivem.

Os Sith se atêm a um conjunto de crenças influenciadas pela magia necrótica da espécie alienígena de mesmo nome, mas seus princípios fundamentais estão resumidos no Código Sith:

A paz é uma mentira, só há paixão

Através da paixão eu ganho força

Através da força eu ganho poder

Através do poder eu ganho vitória

Através da vitória minhas correntes são quebradas

A Força me libertará

Os Sith atestam que essas crenças representam a sua vontade de desafiar as restrições da ortodoxia e balançar as estruturas de poder. Ainda assim, é evidente que o Código Sith é egoísta. Cada princípio é focado nos desejos e vontades individuais. Os Jedi sabem que a grandeza só pode ser conquistada através de indivíduos humildes. Os Sith anseiam por poder rápido e fácil, e por isso mergulham fundo nas emoções.

A espécie Sith, originária de Korriban, e os primeiros do lado negro — aqueles que se afastaram da Ordem durante o Primeiro Grande Sismo em Tython — compartilham impressões parecidas do poder. Em certo ponto, seus ensinamentos se tornaram tão interligados que o termo "Sith" passou a descrever quaisquer adeptos às suas crenças, independentemente da espécie.

Os Sith portam sabre de luz de lâmina vermelha, em razão dos cristais sintéticos que usam. Esses sabres de luz servem tanto para anunciar sua presença como para testar nossos próprios sabres em batalha. A lâmina do sabre de um Sith é famosa por "quebrar" a lâmina de um sabre Jedi ao sobrecarregar sua matriz energética. Ainda bem que a aniquilação da Ordem Sith pôs fim a tais duelos.

Um atributo quase nunca necessário. Um verdadeiro Sith pode matar um Jedi em segundos.

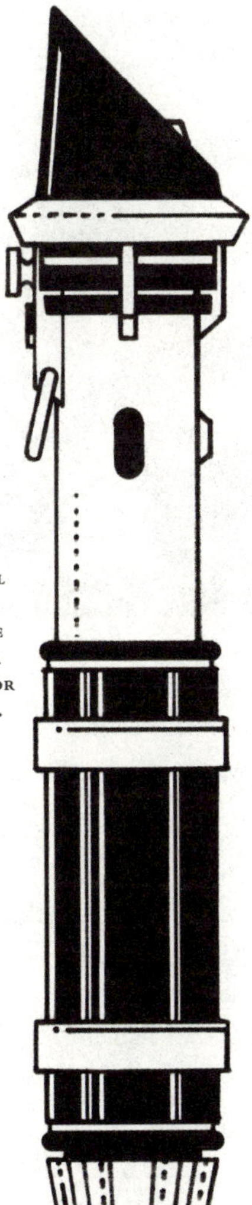

4.34 Um sabre Sith é marcado pelo cristal vermelho que possui e pela lâmina de mesma cor que produz.

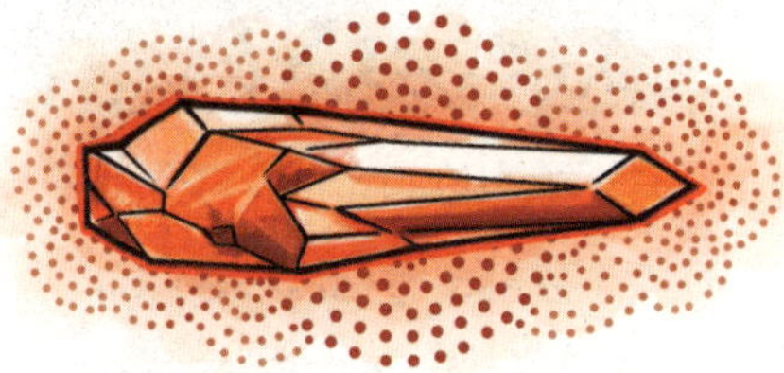

4.35 Os Sith forjam cristais vermelhos através de meios sintéticos.

De vez os Sith já foram, mas membros do lado negro continuam. Um em Dennogra eu fui forçado a matar.

—Yoda

O Segundo Grande Sismo e a Guerra Final

Em Syngia algumas monstruosidades ainda vivem. Devidamente avisados todos os Cavaleiros devem ser.
—Yoda

Os Sith modernos apareceram após o fim do Segundo Grande Sismo e da Escuridão dos Cem Anos — uma guerra entre Jedi e lado negro que envolveu a criação alquímica de monstros. Os Jedi vitoriosos sentenciaram ao banimento os sobreviventes do lado negro. Mas, entre as estrelas inexploradas, os Jedi exilados descobriram a espécie Sith, que venerava a morte e as energias raivosas do lado negro. Eles se tornaram Lordes dos Sith, misturando sua decadente cultura Jedi aos rituais de sacrifício dos nativos selvagens de Korriban.

4.36 Os Jedi do lado negro usaram alquimia para criar monstros durante o Segundo Grande Sismo.

EXAR KUN CONTINUOU VIVO COMO UM ESPÍRITO DO LADO NEGRO. ELE QUASE ME MATOU, MAS ISSO ME ENSINOU A NÃO SUBESTIMAR UM SITH.
—LUKE

Dois mil anos depois, os Lordes do Espaço Sith organizaram uma invasão à República. Crescendo despercebidos em Kirrek e Coruscant, os Sith bombardearam o coração do espaço civilizado antes que os Jedi pudessem levá-los de volta ao exílio. Essa foi a primeira de muitas guerras entre os Jedi e os Sith.

Durante o Cataclismo de Vultar no Terceiro Grande Sismo, adeptos do lado negro influenciados pelos Sith provocaram a eliminação de um mundo inteiro. Esse ato levou a choques constantes entre o lado negro e a luz, incluindo a Grande Guerra Sith de Exar Kun e a Guerra Civil Jedi, que viu a deserção de dois campeões Jedi — que se tornaram Darth Malak e Darth Revan. A Ordem Jedi mal sobreviveu a esses conflitos. Então, apenas alguns

INTERESSANTE — EU LI QUE REVAN VOLTOU PARA A LUZ ANTES DE SUMIR DE REPENTE DOS ASSUNTOS GALÁCTICOS.
—DOOKAN

4.37 A derrota dos Sith na Batalha de Ruusan marcou o fim da Era Negra.

séculos depois, quando a guerra eclodiu outra vez, os Sith assumiram o controle de Coruscant, realocando os Jedi para Tython. Desde então, recuperamos nosso lugar de direito em Coruscant.

O Quarto Grande Sismo, que ocorreu há um milênio, trouxe à tona mil anos de lutas, a ascensão de Darth Ruin e dos Sith, e a praga que prenunciou o que de fato foi a Era Negra da República. Foi uma campanha militar que quase levou a civilização ao fim. Ainda assim, o Exército da Luz derrotou a Irmandade da Escuridão na Batalha de Ruusan. Aqueles Jedi que sacrificaram suas vidas transformaram a Era Negra em uma nova Era de Ouro de paz e generosidade.

UMA PENA QUE NÃO TENHA DURADO.
-AHSOKA

A escuridão eu pressinto às vezes. Vigilantes os Jedi devem permanecer.
—Yoda

Darth Bane e o Fim dos Sith

Os Sith foram os inimigos dos Jedi por milhares de anos; contudo, ficou provado que os leigos que os viam como um inevitável — e necessário — contrapeso do lado luminoso estavam errados após a Batalha de Ruusan, quando a Ordem Sith desmoronou. Embora o perigo ainda ronde pelas estrelas, os cidadãos da República não precisam mais temer o título honorífico *Darth*.

HÁ RUMORES DE QUE OS SITH SOBREVIVERAM SOB A "REGRA DE DOIS" — UM MESTRE E UM APRENDIZ. —DOOKAN

É irônico que um deles, Darth Bane, tenha colaborado para a destruição dos Sith — mas não surpreendente. Os Sith fazem de tudo para chegar ao poder. Na última década da guerra, Bane emergiu das fileiras da Irmandade da Escuridão para questionar a liderança do Lorde Sith Kaan. Aprendemos com os prisioneiros Sith em Akrit'tar que muitos deles consideram Bane o *Sith'ari* — a culminação de uma profecia que previu o surgimento de um ser perfeito. Essa divinação, um espelho invertido da profecia Jedi do Escolhido, refletia a necessidade dos Sith de depositar suas esperanças em um salvador enquanto o Exército da Luz Jedi fechava o cerco sobre eles. A popularidade de Bane dividiu fileiras de Lordes Sith, levando-os a perder o foco e a entregar um terreno-chave em Ruusan. Por fim, Lorde Kaan sabia que não poderia vencer e armou uma Bomba Mental. Essa indescritível arma do lado negro queimou a superfície de Ruusan e lançou o espírito de cada combatente, Jedi e Sith, em sua singularidade sem fim.

UM MORTO EM NABOO!
Anakin

NÃO PODEMOS ACABAR COM OS SEPARATISTAS PRIMEIRO?
-AHSOKA

Bane morreu com o restante dos Lordes Sith em Ruusan, provando que nem mesmo o *Sith'ari* poderia sustentar uma ordem baseada em agressão e ganância. Ainda que nós Jedi devamos continuar resistindo às tentações do lado negro, é o caso de festejar que inimigos vitais tenham sido, enfim, derrotados.

4.38 Darth Bane

A ignorância Jedi é impressionante! A víbora fica à vista de todos e ninguém suspeita.

OUTRAS ORGANIZAÇÕES DO LADO NEGRO

Jedi caídos e aqueles que apoiam as intenções Sith são apenas dois tipos de seguidores do lado negro. Existem outros caminhos que podem corromper aqueles sensíveis à Força. Ao mesmo tempo que existem organizações Jedi, existem cultos e seitas cujo único propósito é explorar o lado negro para fins egoístas.

Não vejo potencial para recrutamento aqui. A Marinha pode conter Tund.

Os **Feiticeiros de Tund** são considerados descendentes de sangue puro dos Sith exilados de Korriban. Nas profundezas da Centralidade da Orla Exterior, eles praticam um estilo malévolo e secreto de manipulação da Força, que eles chamam de conjuração. O Conselho tentou recrutá-los, mas sem sucesso.

O tradicional uso da Força dos **Jarvashqiine** remonta aos primeiros séculos da República. Seus xamãs acreditavam que o lado negro pode se manifestar apenas através de elaborados rituais de sangue. Porém, remover esses ritos atávicos pode até bloquear a habilidade dos adeptos de Jarvashqiine de usar a Força.

A **Ordem Mecrosa** se originou na Casa Mecetti, no setor Tapani. Seus praticantes sombrios persistiram nos séculos seguintes como francos desafiadores dos ensinamentos Jedi.

Os **Bladeborn** são uma facção separada dos Sith que acredita na superioridade das armas de lâmina como forma de focar no lado negro. Entre suas ferramentas estão os tradicionais sabres de luz, bem como as vibrolâminas exóticas, a exemplo da espada Tremor Sith.

No começo da última guerra, o Underlord Negro formou um exército de **Cavaleiros Negros**. Ainda que tenham perdido a batalha contra os Jedi, os Cavaleiros Negros se reergueram outra vez ao longo dos séculos e podem não estar completamente silenciados até hoje.

De novo eles emergiram, durante a revolta de Hunhaka. Uma aventura para mim como novo Padawan isso foi.
—Yoda

Ameaças aos Ensinamentos Jedi

Por Restelly Quist, Bibliotecária-Chefe

A reforma pós-guerra da República reconfigurou a Ordem Jedi. Aprendemos muito nos últimos mil anos — da queda de Phanius e a guerra que ele provocou até a nossa vitória em Ruusan. A perda de tantos Jedi para as tentações Sith levou à decretação de novas regras para reger os ensinamentos Jedi. O Conselho não tolera mais hereges que acreditam ter achado um caminho superior que vai de encontro aos 24.000 anos de sabedoria acumulada pela Ordem Jedi.

No entanto, os Sith são mais antigos e profundos.

4.39 Siga os ensinamentos do Conselho e você não se juntará aos Perdidos.

Os Sith e Jedi caídos não estão em discussão aqui, já que a maldade deles é evidente. Mas filosofias alternativas podem levar a orientações indevidas e igualmente trágicas. À frente dessas filosofias estão os **relativistas**, aqueles que argumentam que o lado negro não existe. Muitos Padawans parecem passar por uma fase similar — como seus Mestres, vocês devem mantê-los nos eixos, ou eles poderão continuar com suas percepções erradas na vida adulta. Esses radicais não negam a existência dos poderes do lado negro, mas mantêm que a escuridão se manifesta apenas nas mentes dos praticantes da Força. Os perigos dessa filosofia são claros. Aqueles que acreditam que podem fazer *qualquer* coisa — contanto que a intenção seja pura — logo creem que sua intenção é sempre correta.

Corrigidos esses Padawans devem ser ou nebuloso o futuro deles será.
—Yoda

Os chamados **Jedi cinza** estão conosco desde o começo. Ainda que não tenham rompido com a ortodoxia Jedi com relação ao lado negro, eles se irritam quando lhes pedem que sigam ordens do Conselho. Os Jedi cinza fazem acordos, aparam arestas e escondem suas ações do escrutínio, tudo sob a presunção de que suas experiências fazem deles autoridades políticas. Eles são dissidentes difíceis de controlar, mas podem ser membros valiosos da Ordem depois de persuadidos a seguir a hierarquia estabelecida.

Alguns dizem que Mestre Qui-Gon é um Jedi cinza, e eu confesso que consigo ver o porquê. Ele irá me criar problemas.
-Kenobi

INTERESSANTE — ME PERGUNTO SE ELE CRIOU MESMO.
-LUKE

Os Perdidos é um termo aplicado aos Mestres Jedi que abandonaram a Ordem por questões filosóficas. Ainda que em pequeno número, os Perdidos representam um fracasso dos Jedi em manter nossos maiores pensadores dentro das nossas diretrizes. A perda deles é uma vergonha para nós.

A perda deles é um trunfo para mim.

AGORA SÃO CHAMADOS DE OS VINTE PERDIDOS — DOOKAN FOI O ÚLTIMO. GOSTARIA DE SABER O QUE ACONTECEU.
Anakin

EU NÃO. VAMOS APENAS PARAR COM ESSA ABERRAÇÃO!
-AHSOKA

Encontrei muitos grupos do tipo, entre eles Cruthauses e os Boughtine. A Força encontra caminhos para se expressar. Q-G

Outras organizações que usam a Força

A Ordem Jedi não é a única organização que estuda e segue a Força. Incontáveis escolas surgiram entre culturas que têm a percepção de escutar o chamado da Força — dos Seguidores de Palawa à Ordem de Dai Bendu e a Academia Chatos. Ainda que sejam esforços admiráveis, estamos convencidos de que a Ordem Jedi é a interpretação correta da vontade da Força. Sempre que puder, considere outras perspectivas da Força — mas lembrem-se de que se deve fazer qualquer esforço para trazer essas crenças para a orientação dos Jedi.

- Os **Monges Aing-Tii** estão entre os usuários da Força mais inescrutáveis da galáxia. Esses alienígenas habitam a Falha de Kathol e, por meios desconhecidos, são capazes de manipular o espaço para teletransporte instantâneo. Aqueles que se instalaram perto da Falha de Kathol alegam que os Aing-Tii podem até visitar outros tempos e lugares através da disciplina que eles chamam de caminhada fluida.

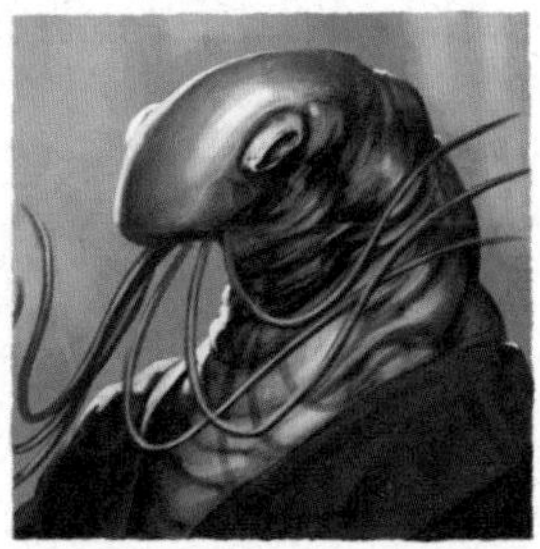

4.40 Monge Aing-Tii

- Os **Sábios Baran Do** de Dorin são os mais talentosos usuários da Força entre os Kel Dor, e a dependência respiratória de uma atmosfera de hélio não impediu que membros da espécie desempenhassem importantes funções na galáxia. Ainda que poucos Kel Dor tenham se tornado Jedi, os Sábios Baran Do usam a Força para ampliar seus sentidos e prever eventos.

4.41 Sábio Baran Do

4.42 Luka Sene

4.43 Matukai

4.44 Guardião da Respiração

- Em Alpheridies, os Miraluka percebem seu ambiente através da Força para compensar sua cegueira natural. Os **Luka Sene** são uma seita dos Miraluka que atingiu uma precisão incomum do mundo ao mesmo tempo que se dedicam ao estudo e ao conhecimento.

- Os **Matukai**, que se comprometeram com a disciplina física, estão entre os melhores artistas marciais que existem. Eles chegam à maestria através de uma combinação da Força que fortalece seus golpes e revigora seu espírito de luta.

Eu lutei contra um Matukai — nunca mais! -Thame

- Os **Guardiões da Respiração** de Kashi ainda persistem, apesar da velha destruição de seu planeta natal por uma supernova. Abençoados com uma forte conexão com a Força Viva, seus membros dispersos podem estimular notáveis surtos de crescimento celular de plantas e animais.

EU ACHO QUE GOSTO DESSE THAME – EU TAMBÉM NÃO GOSTARIA DE ENFRENTÁ-LOS. -AHSOKA

Fascinante! Q-G

MUITOS MATUKAI SE UNIRAM À MINHA ORDEM, MAS ELES PREFEREM SE DIFERENCIAR COM UMA TATUAGEM FACIAL.
-LUKE

Mal posso esperar! Tenho tanto a ensinar...
-Thame

ADOTANDO UM APRENDIZ PADAWAN

Se você ao menos tivesse dedicado mais tempo a aprender os fundamentos, Mestre.
—Dookan

POR GRANDE MESTRE FAE COVEN

Ainda que não seja obrigatório, em algum momento como Cavaleiros, vocês poderão sentir vontade de passar seus conhecimentos a outro Jedi mais jovem. Como Cavaleiros Jedi, vocês são encorajados a atender o chamado da Força, ainda mais se sentirem que ele os leva em direção a ser um mentor. Fora o recrutamento, essa é a ação mais importante que você pode tomar para garantir que a Ordem permaneça vibrante e forte. Ao adotar um aprendiz Padawan, vocês completarão o ciclo que iniciou sua transformação em Cavaleiros e, se concluído com sucesso, serão promovidos à classe de Mestre Jedi.

Mestre Dookan é um mentor intimidador. Não será assim que eu irei me comportar.
Q-G

4-45 MEMBROS DA EQUIPE DO TEMPLO PODEM RESPONDER PERGUNTAS SOBRE ALUNOS PROMISSORES.

Ele deve estar brincando. Mestre Qui-Gon intimida todo mundo!
-Kenobi

Se vocês desejam selecionar um estudante, visitem o Templo. Todos os anos, durante os Torneios de Aprendizes, nossos Iniciados mais velhos demonstram sua boa forma com sabres de luz, mas vocês são livres para observar as aulas a qualquer momento ou conversar com os instrutores do Templo. Lembrem-se de que vocês já passaram por esse processo; então, como já o vivenciaram do outro lado, tenham sempre em mente o que vocês sentiram e aprenderam há tantos anos.

Seus aprendizes devem ser parecidos com vocês em temperamento e percepção, mas não parecidos *demais*. O processo de ensinamento deve ser bidirecional, e vocês devem esperar aprender com os seus alunos.

4.46 ADOTAR UM APRENDIZ DÁ CONTINUIDADE AO CICLO QUE SUSTENTA A ORDEM JEDI.

OBI-WAN SEGUE UM POUCO DEMAIS AS REGRAS. TEM MUITOS ENSINAMENTOS DO TEMPLO QUE EU PODERIA CORRIGIR.
Anakin

ÓTIMO, ENTÃO SOU EU QUE ME METO EM PROBLEMA?
-AHSOKA

Uma perspectiva nova e um segundo par de olhos irão ajudá-los a obter êxito em missões que seriam impossíveis para vocês sozinhos. Não se esqueçam de que seus Padawans têm o benefício da aprendizagem recente no Templo, os quais vocês podem nunca ter estudado. Mantenham a mente aberta e vocês alimentarão o desenvolvimento do vínculo da Força que compartilham.

Acima de tudo, não sejam superprotetores! Seus Padawans podem ser jovens, mas são Jedi. É melhor perder um Padawan numa tragédia que evitar o perigo como um todo. Todo membro da Ordem Jedi está preparado para morrer a serviço da República — qualquer comprometimento menor é egoísmo e desperdício.

SIM — ELHOR PRENDER VERDADE DO UNDO. -DOOKAN

om isso eu concordo!
Q-G

Ainda que adotar um Padawan seja um passo que a maioria dos Jedi aceitará, alguns decidirão nunca ter um aprendiz. Nem todos os Jedi têm paciência para um comprometimento em tempo integral que possa durar uma década ou mais. Outros poderão sentir o desejo mas não encontrar um Padawan que se adeque ao seu ritmo e à sua percepção.

Meditem com intensidade antes de tomar uma decisão. É bem melhor deixar passar essa oportunidade que aceitá-la sem condições. Um ajuste fraco com seu Padawan levará à instrução fraca, desperdiçará seu tempo e deixará seu aprendiz malpreparado para os Testes.

TORNANDO-SE MESTRE E GRANDE MESTRE

POR GRANDE MESTRE FAE COVEN

A classe de Mestre Jedi é o mais alto reconhecimento formal que um indivíduo pode atingir na Ordem Jedi. Não é uma exigência, tampouco marca o fim da jornada de vocês. Os Jedi que atingiram essa classe são os menos numerosos entre os membros, estando em menor quantidade até que os younglings.

4.47 A TRANSIÇÃO DE SEU PADAWAN A CAVALEIRO PODE TAMBÉM FAZER COM QUE VOCÊS SEJAM PROMOVIDOS À CLASSE DE MESTRE.

Os Mestres são conhecidos por serem mentores dos Jedi mais jovens. Adotar e treinar um Padawan para se tornar Cavaleiro é um passo em direção à classe de Mestre. Muitos Mestres adotam um Padawan após o outro, selecionando um aprendiz logo após o anterior passar nos Testes. No entanto, nem todos os Cavaleiros escolhem seguir esse caminho.

Cavaleiros Jedi que prestaram serviços extraordinários à República às vezes são nomeados Mestres por uma dispensa especial do Alto Conselho. Além disso, Cavaleiros Jedi podem escolher se submeter a uma versão modificada mais desafiadora dos Testes para Cavaleiros, nos quais, se aprovados, têm grande chance de se tornarem Mestres.

Como Mestre Jedi, suas missões não sofrerão grandes mudanças. Vocês ainda são responsáveis por ajudar os necessitados e ampliar o alcance da Ordem através da República. No entanto, como suas habilidades Jedi foram aprofundadas desde que vocês partiram na primeira missão solo como Cavaleiros, talvez vocês devam considerar uma função de ensino que se enquadre em seus talentos. O Templo e as nossas academias-satélite têm necessidade de filósofos da Força, mestres de batalha, historiadores e cientistas, bem como especialistas nas obsessões peculiares das Sentinelas Jedi.

4.48 GRANDE MESTRE FAE COVEN

Grande Mestre é um título concedido ao maior dos Mestres, aquele reconhecido como tal pelos membros da Ordem e ratificado por decisão unânime do Alto Conselho. No passado, alguns Mestres detiveram o título ao mesmo tempo e, na essência, criaram uma associação de elite.

O eleito líder do Alto Conselho de "Mestre da Ordem" nós chamamos. Esse título, em geral, um Grande Mestre detém.
—Yoda

Atualmente, apenas um Jedi pode ser apontado como Grande Mestre por vez. Fico feliz em deter o título; então, acredito que vocês jovens me perdoarão se eu não anunciar planos de renunciar tão cedo.

TRANSCENDENDO A MORTE

POR GRANDE MESTRE FAE COVEN

Um dia vocês morrerão na batalha ou no seu sono, tendo vivido a nobre vida de um Jedi. Ninguém sabe ao certo o que há após vocês se unirem à Força, mas sua jornada para o Mundo dos Mortos será instantânea.

Os Whills...? Q-G

Alguns Sábios entre os Whills acreditam, todavia, na possibilidade de existir nesse mundo mesmo depois que um Jedi deixa sua forma física. Existindo como seres de luz, tais Jedi poderiam manter a identidade que tiveram antes da morte, mas serão incapazes de interagir com o mundo físico. No entanto, a ideia dessa existência vem de histórias e teorias, não da realidade.

Ainda que acreditemos que todas as coisas são possíveis através da Força, como seres físicos, estamos presos, e nossa compreensão tem limites. Em vez disso, pensem nessas histórias como metáforas do último preceito do Código Jedi: *Não há morte, há Força.*

PRIMEIRO, EU SENTI BEN NESSE ESTADO, DEPOIS YODA E, ENTÃO, MEU PAI. SIGNIFICOU MUITO VÊ-LOS, MAS PARECE HAVER UM LIMITE DE QUANTO TEMPO UM ESPÍRITO PODE PERMANECER COM OS VIVOS. ESTOU SURPRESO QUE OS JEDI DESSA ÉPOCA CLASSIFICAVAM ESSA HABILIDADE COMO MERA LENDA. ATÉ O MOMENTO, OS HOLOCRONS QUE EU ADQUIRI CONTINHAM REFERÊNCIAS A JEDI MUITO MAIS ANTIGOS, INCLUINDO GALONG-TAL, PLAUTOPSEUM E ARCA JETH. DIZ-SE QUE TODOS PASSARAM PARA A FORÇA PERMANECENDO NESTE MUNDO COMO FANTASMAS, ATINGINDO ESSA TRANSFORMAÇÃO EXTREMA ATRAVÉS DA SUBLIMAÇÃO DAS CÉLULAS ORGÂNICAS DO CORPO A UM ESTADO DE ENERGIA PURA.

Pela minha própria experiência, sei que espíritos da Força podem se comunicar com aqueles que ainda vivem e aparecem como uma versão de si mesmos sem marcas de doença ou lesão. Eles podem aparecer em qualquer lugar da galáxia para aqueles que os conheceram em vida — ou ecoar no pensamento de alguém, como Ben fez comigo. Continuo estudando a fundo as camadas de dados do Holocron de Krisman. Tem muito mais acontecendo aqui do que mera teoria.

-Luke

O Caminho Jedi: Um manual para estudantes da Força é produzido por becker&meyer!
um selo de The Quarto Group
142 West 36th Street 4th Floor, New York, New York 10018
www.Quarto.com

Editado por Delia Greve
Design por Rosanna Brockley
Coordenação de Produção: Jen Marx

Lucasfilm Ltd.
Editor-executivo: J. W. Rinzler
Diretor de arte: Troy Alders
Guardião do Holocron: Leland Chee
Diretor de publicação: Carol Roeder

MISTO
Papel | Apoiando uma gestão florestal responsável
FSC® C016973
FSC www.fsc.org

Impresso na China

Textos e anotações escritos por Daniel Wallace
Ilustrações por: Paul Allan Ballard: 2.1 — 2.4, 2.6, 2.7, 2.20 — 2.22; Jeff Carlisle: 3.14, 3.66, 3.67, 4.1, 4.6; Tommy Lee Edwards: 2.27 — 2.30, 3.25 — 3.27, 3.29 — 3.37, 4.29, 4.30; Ryan Hobson: 2.13, 3.28, ilustração p. 109, 4.27, 4.28, ilustração p. 159; Greg Knight: 3.15, 3.78, 4.5, 4.23 — 4.25; Chris Reiff: 2.15, 3.18, 3.19, 3.43, 4.34, 4.35; Derek Thompson: 2.8, 2.16 — 2.19, 3.47 — 3.58, 3.70, 4.20, 4.21, 4.36 — 4.38; Chris Trevas: 1.2, 2.23, 2.24, 3.17, 3.44; Terryl Whitlatch: 3.59 — 3.65; Kieran Yanner: 3.71 — 3.76, 4.26, 4.45 — 4.47; Conceptopolis, LLC: 1.1, 1.3 — 1.6, 2.10 — 2.12, 2.14, 2.25, 2.26, 3.9 — 3.13, 3.16, 3.20 — 3.24, 4.7, 4.48; Storm Lion Pte Ltd: 2.9, 2,31, 3.1 — 3.7, 3.38 — 3.42, 3.45, 3.46, 3.68, 3.69, 3.77, 3.79, 4.2 — 4.4, 4.8 — 4.19, 4.22, 4.31, 4.32, 4.39 — 4.44

Cip-Brasil. Catalogação na publicação
Sindicato Nacional dos Editores de Livros. RJ

W179c Wallace, Daniel, 1959-
O caminho Jedi : um manual para estudantes da Força / Daniel Wallace ; tradução Raquel Novaes. — 3. ed. — Rio de Janeiro : Bertrand Brasil, 2016.
160 p. : il.

Tradução de: The Jedi path : a manual for students of the Force
ISBN 978-85-286-1780-1

1. Ficção americana. I. Novaes, Raquel. II. Título.

CDD: 813
13-02128 CDU: 821.111(73)-3

EDITORA BERTRAND BRASIL LTDA.
Rua Argentina, 171 – 2º andar – São Cristóvão
20921-380 – Rio de Janeiro – RJ
Tel.: (0xx21) 2585-2070 – Fax: (0xx21) 2585-2087

Atendimento e venda direta ao leitor:
mdireto@record.com.br ou (0xx21) 2585-2002